U0128039

≡ 昌明文庫・悅讀文化 ≡

名人與成語典故

趙雪峰 —主編—

成長需要智慧，有智慧才能戰勝人生中的挫折和坎坷，有智慧才能使人生更加精彩。智慧需要知識，沒有知識就沒有智慧。所以，成長中的每一個人都需要不斷地學習知識，用知識和智慧去戰勝挫折和磨難，去迎接坎坷和挑戰，去掌握人生和命運。

本套「青少年成長必讀益智文庫」包括《中國四大名著》、《中外寓言故事》、《中外童話故事》、《中外神話故事》、《名人與成語典故》、《名人與趣味詩詞故事》、《名人與漢字故事》、《偵探歷險故事》、《中國歷史故事》、《世界歷史故事》，書中所選故事，不僅包含孩子必讀的文學名著、字詞故事、詩詞故事、成語典故、神話故事、童話故事、寓言故事，還收集了外國一些經典的神話、寓言和偵探歷險故事。內容全面豐富，視野相當寬廣，寓意格外深遠，故事膾炙人口，設計生動有趣，能更好地吸引青少年讀者的興趣。

本冊書精選了八十多個名人與成語的故事。對每一個故事都進行了精心的編寫，力求通俗易懂，適合青少年閱讀。讀這些故事，能夠讓青少年讀者了解名人虛心好學、孜孜以求的精神，了解名人為理想為目標不懈追求的人生經歷，了解名人為國家為民族勵志進取的人生智慧。讀這些故事，能開啟青少年的心智靈感，點撥青少年的處世之道，激蕩青少年生命的漣漪，啟發青少年更多的人生思考，將智慧的種子撒播在青少年的心中。

　　每一篇故事，都為讀者連結了名人簡介、成語介紹以及智慧小站等內容，明讀者了解這些名人，理解成語的意義和名人的智慧。這些連結以精練的文字道出了成語故事的深刻內涵，有助於青少年讀者對成語故事的閱讀、理解和吸收，更從中悟出事物深層的蘊涵與人生命運的真諦，讓青少年讀者閱讀一個故事，得到更多收穫。

　　一滴水可以折射陽光的光輝，一套好書可以洋溢美好的心靈。這是相伴青少年一生的心靈雞湯，這是滋潤青少年智慧的甘霖，這是帶領青少年在知識的海洋裡航行的帆船，這是撫慰青少年心靈的港灣。

　　願每個成長路上的青少年讀者朋友，都能夠在閱讀這些智慧故事的同時，享受故事本身特有的光芒，汲取故事給予的智慧和力量，從而更加堅定、勇敢、樂觀、積極地去迎接人生風雨。

　　青少年時期是鮮花盛開的季節，稚嫩的心靈編織著純真的夢，精彩的一天就讓我們從手中這本色彩繽紛的書開始吧！

編者

2012 年 5 月

＊編按：本文為簡體版之前言。

目錄 C O N T E N T S

CONTENTS

CONTENTS

一

品質修養篇

人 物 譜

孔　子・春秋時期的思想家和教育家，儒家的創始人，是集華夏上古文化之大成者，被後世尊為「孔聖人」。

劉　備・蜀漢昭烈帝，三國時期蜀漢開國皇帝，他為人謙和，禮賢下士，寬以待人，志向遠大，知人善用，素以仁德為世人稱讚。

韓　信・西漢開國功臣，中國歷史上傑出的軍事家，為漢朝的天下立下赫赫功勞，但後來卻遭到劉邦的疑忌，最後被安上謀反的罪名而遭處死。

孔子「臨危不懼」顯智慧

孔子帶領一幫弟子周遊列國，路過一個叫匡的地方。幾年前，一個叫陽虎的人侵犯過這個地方，恰巧孔子的相貌與陽虎差不多，加上弟子顏回和匡人吹噓，說自己當年跟著陽虎來此如何如何，激怒了匡地的人。於是匡人把他們重重包圍，使他們不得脫身。

孔子的另一個學生子路被沖散了。他擔心老師孔子受不了驚嚇，急忙又沖入包圍圈。不料孔子竟在那裡和包圍他們的人談笑風生，而且還彈著琴，神情一點也不緊張沮喪。

子路甚覺奇怪，問孔子：「老師，我們被這些人包圍，很危險，您不想辦法脫身，怎麼還有這樣的興致啊？」

孔子看了看子路，笑著回答：「能夠在水中自由來去，不怕蛟龍的，是漁夫之勇；能夠在野外上山下嶺，不怕虎豹的，是獵人之勇；面對著雪亮的刀槍，不懼生死，勇猛衝殺的，是戰士之勇；能夠掌握自己的命運，認識當前局勢，臨大難而不懼者，這是聖人之勇！」

子路聽後，勸那些心驚膽戰的同學：「別擔心，學學我們的老師！這才是聖人啊！」

◎ **走近名人**

　　孔子（西元前 551-西元前 479），名丘，字仲尼。春秋時期魯國陬邑（今山東省曲阜市）人。孔子是我國古代偉大的思想家和教育家，儒家學派創始人，世界最著名的文化名人之一。孔子打破了教育壟斷，開創了私學先驅，弟子多達三千人，著名的有七十二人。七十二人中有很多為各國高官棟樑，又為儒家學派延續了輝煌。後人把孔子及其弟子的言行語錄記錄下來，史稱《論語》。他編撰了我國第一部編年體史書《春秋》。

◎ **錦囊一開：臨危不懼**

　　釋　　義｜面臨危險而從容不迫，一點也不畏懼。

　　出　　處｜《鄧析子・無厚》：「死生自命，貧富自時。怨夭折者，不知命也；怨貧賤者，不知時也。故臨難不懼。」

　　近 義 詞｜無私無畏、視死如歸

　　反 義 詞｜驚慌失措、臨陣脫逃

　　成語造句｜突然遭遇敵軍，但李連長臨危不懼，沉著地指揮戰士們應戰。

　　詞語接龍｜拱揖指揮 ➡ 揮灑自如 ➡ 如履如臨 ➡ 臨危不懼

◎ **智慧小站**

　　從嚴格意義上說，「聖人」是指知行完備、至善之人。中國古典文獻中記載的受到認可的聖人主要有：伏羲、黃帝、炎帝、顓頊、帝嚳、堯、皋陶、舜、禹、伊尹、傅說、商湯、周文王、周武王、周公、孔子……

　　今天，許多專業領域的精英被後人尊稱為「聖」。但他們與上面所說的聖人還有區別。酒聖：杜康；詩聖：杜甫；醫聖：張仲景；書聖：王羲之；畫聖：吳道子；茶聖：陸羽；武聖：關羽；亞聖：孟子；商聖：範蠡；謀聖：姜子牙；史聖：司馬遷；文聖：歐陽修；棋聖：黃龍士；詞聖：蘇軾；曲聖：關漢卿；藥聖：孫思邈；兵聖：孫武；智聖：東方朔；字聖：許慎；鬼聖：蒲松齡。

周公「平易近人」勸後人

　　中國古代周朝的建立者周武王有個弟弟叫周公，他曾和姜子牙一起，在周武王滅商的戰鬥中立下了大功。周朝建立後，周武王封周公為魯公，封地在曲阜，因為周朝剛剛建立，還有許多事情要做，所以周公沒有去封地就職，仍舊留在都城輔佐周武王。但封地需要有人管理，於是，他就派自己的長子伯禽去封地當了魯公。

　　與此同時，曾輔佐文王、武王滅商有功的姜子牙被封在齊地。姜子牙到任五個月後，就回來向周公彙報在那裡的施政情況了。

　　周公感到驚奇，問姜子牙：「你怎麼這麼快就回來彙報情況了？」姜子牙回答：「我在那裡簡化了君臣之間的禮節，沒有制定那些不適用的規矩，一切都按照當地風俗去做，百姓們接受得快，所以我的情況彙報也快。」

　　周公的兒子伯禽到魯地後，過了三年才回來向周公彙報在那裡施政的情況。周公對此很不滿意，他問伯禽：「你為什麼這麼晚才來彙報？」

　　伯禽回答：「我到了那裡，發現那裡很落後，風俗習慣的改變、禮儀法規的制定都要一點點從頭來，所以，三年才能看到效果。」

　　周公聽了伯禽的彙報，不由歎息道：「唉，魯國的後代將要當齊國的臣民了！做官的，如果不能讓政令簡約易行，百姓就不會親近他，更不會歸附他。」

◐ 走近名人

　　周公，西周初年著名政治家，西周開國君主周文王的第四子、周武王之弟，姓姬名旦，又稱叔旦。因其最初封地在周地，故稱周公或周公旦。周公曾先後輔助周武王滅商、周成王治國。在周朝建立、武裝鎮壓商紂王兒子武庚、周武王兄弟管叔、蔡叔、霍叔及東方各國武裝反叛的活動中立下大功。其後，幫助周朝王室制定和完善了宗法、分封等各種制度，使西周奴隸制獲得進一步的鞏固。

◐ 錦囊一開：平易近人

釋　　義｜對人和藹可親，容易讓別人接受。

出　　處｜《史記·魯周公世家》：「嗚呼，魯後世其北面事齊矣！
　　　　　夫政不簡不易，民不有近。平易近民，民必歸之。」

近 義 詞｜和藹可親、平易近民

反 義 詞｜咄咄逼人、盛氣凌人

成語造句｜劉老師真是一個平易近人的好老師。

詞語接龍｜平易近人 ➡ 人山人海 ➡ 海闊天空 ➡ 空空如也

◐ 智慧小站

　　周朝時的王與公：周朝時，沒有「皇帝」這個稱謂，最高統治者是周

王，如周武王、周穆王等。在周王以下的諸侯按公、侯、伯、子、男的爵位排列，領地稱為「國」。如魯地，最早封給周公，他的子孫世襲為公爵，稱號就是「魯○公」，封地是「公國」；如蔡地，封給蔡叔度，他的子孫世襲為侯爵，稱號就是「蔡○侯」，封地為「侯國」。後來，周王統治實力下降，有實力的諸侯便不聽周王的號令了，有的自稱或被稱作「公」。最後，周王基本已名存實亡，一些諸侯也先後稱王。但無論是「公」還是「王」，都是一國之君的稱謂。

李離

守律法「誓死不二」

春秋時期，晉國典獄官（最高司法長官）李離為人正直，秉公辦案。他執法量刑、審理案例均按照律法來辦理，對高官與百姓、王子與平民一視同仁，做到有法必依、有罪必罰，因而受到百姓的擁護。

有一次，李離聽察案情有誤而判錯了案子，錯殺了人，發覺後，他就讓下屬把自己拘禁起來，判以死罪。

晉國國君晉文公認為李離是個正直的官員，不想讓他死，於是就為他推脫責任說：「官職貴賤不一，刑罰也輕重有別。這件事是你手下官吏有過失，主要責任不在你，死罪就免了。」

李離卻說：「我是最高長官，我沒有把自己的高位讓給下屬；我領取的工資最多，也沒有把高工資分給他們一份。如今我聽察案情有誤而枉殺人命，卻要把罪責推給下級，這種道理我沒有聽過。」於是，他拒絕接受晉文公的命令，堅持要判自己死刑。

晉文公說：「如果你執意要認定自己有罪，那麼我是國君，你在我的領導下，我也有領導的責任了，我也應該受到處罰了？」

李離說：「法官斷案有法律可依，錯判刑就要受

到法律的制裁，錯殺人就要以死償命。國君是因為我善於決斷疑難案件，才讓我做法官。現在我判錯案子而枉殺人命，就應該對律法誓死不二。」

晉文公見無法說服李離，就讓武士把他推出去，不讓他再說此事。可是李離不接受晉文公的赦令，沒走出大殿多遠，就自刎而死。

◐ 走近名人

李離，生卒年不詳，大約出生於今山西省侯馬市一帶，春秋時期晉國晉文公（西元前 636-西元前 628）時代的最高司法長官，有關於李離的記載最早見於《史記‧循吏列傳》，以「李離伏劍」留名青史。

◐ 錦囊一開：誓死不二

釋　　義｜立下志願專心於某件事，至死不變。形容意志堅定專一。

出　　處｜魯迅《華蓋集‧夏三蟲》：「被吃者也無須在被吃之前，先承認自己之理應被吃，心悅誠服，誓死不二。」

近 義 詞｜矢忠不二、忠貞不渝

反 義 詞｜見異思遷、朝秦暮楚

成語造句｜江姐對共產黨的忠心誓死不二。

詞語接龍｜誓死不二 ➡ 二龍戲珠 ➡ 珠聯璧合 ➡ 闔家歡樂

◐ 智慧小站

春秋時期是什麼時期？春秋時期是中國古代歷史階段之一。關於這一時期的起止時間說法不一。東周後期，周王朝由強轉弱，周朝的諸侯國之

間互相征伐。小的諸侯國紛紛被吞併，強大的諸侯國在局部地區實現了統一。到了西元前四五三年，晉國出現了韓、趙、魏三家大戶，瓜分晉國並分別建立了國家，就是著名的「三家分晉」。從此，七雄並立、互相爭霸的時代到來，春秋時期結束，戰國時期開始。孔子曾經編了一部記載魯國歷史的史書《春秋》，而這部史書中記載的時間跨度與這一歷史階段大體相當，後人就將這一歷史階段稱為春秋時期。

董閼于「法如深澗」別觸犯

　　春秋末期，晉國有一個叫董閼于的人被派到一個地方任長官。那個地方很亂，前幾任長官都沒有治理好。到任後，董閼于一直琢磨怎樣治理好這個地方。

　　一天，他去一個地方視察，了解民情。見一座山上有一條百丈深的山澗，澗壁陡峭，像刀削斧砍一樣，十分險要。於是他就問陪同的當地人：「這裡有沒有人掉進過這深澗？」那人回答沒有。

　　董閼于又問：「不懂事的小孩子、瘋癲的人也沒有掉進過嗎？」那人回答也沒有。董閼于接著又問：「牛馬豬狗，有沒有掉進過？」那人回答還是沒有。董閼于想了想，又問那個人：「為什麼不曾有人畜等掉進這深澗裡去呢？」那人回答：「這深澗十分危險，誰要是掉進去了，那就活不成了。因此無論是人還是畜，走到這深澗附近時，都會繞道而行，實在不能繞道也都萬分小心，所以沒有人掉進過。」

　　董閼于想了想，一下子想明白了。拍手歎道：「對啊，我知道該如何治理好這個地方了。如果我制定嚴厲的法律，又嚴格地執法，任何人犯了法都不可赦免，並讓所有的百姓都知道，如果違法，就如同掉進這百丈深澗一樣，有生命危險，誰也不敢去觸犯法律了。這樣，這個地方還能治理不好嗎？」

◑ 走近名人

董閼于：一作董安于，生卒年不詳，春秋末期晉國人，晉國大夫趙簡子的家臣。韓、趙、魏三家分晉後，董閼于被趙簡子派到上群做郡的長官，把那個地方治理得很好。

◑ 錦囊一開：法如深澗

釋　　義｜法律就如同萬丈深澗，是不可觸犯的。

出　　處｜《韓非子・內儲》：「使吾法之無赦，猶入澗之必死也，人則莫之敢犯也，何為不治哉！」

近 義 詞｜法網恢恢、天網恢恢

反 義 詞｜法不責眾

成語造句｜法如深澗，我們一定不要做違法的事。

詞語接龍｜非同小可 ➡ 可想而知 ➡ 知法犯法 ➡ 法如深澗

◑ 智慧小站

三家分晉的故事：春秋時期有一個晉國，其政局由卿大夫家族所控制。這些卿大夫之間也相互吞併，後來就只剩下韓、魏、趙、范、智、中行六家最大的宗族，稱為六卿。這六卿通過兼併戰爭，只剩下韓、趙、魏三家，這三家被周王朝冊封為諸侯。最後，魏國又廢除了晉國的最後一個國君——晉靜公，從此韓、趙、魏三家瓜分了晉國。三家分晉是中國古代歷史從春秋時期進入戰國時期的重要標誌之一。

廉頗

「負荊請罪」將相和

戰國時期，趙國有兩個重要的人物，一個是文官藺相如，一個是武將廉頗。藺相如能夠幫助趙王處理外交上的事情，廉頗能夠率領趙軍抵禦外來侵略。兩個人都為趙國立下了大功。

藺相如原本是一個不出名的小人物，但是他很有智慧。當時，趙王得到了一塊寶玉——和氏璧，另一稱霸的國王秦王想得到這塊和氏璧，就以拿城池換的名義，向趙國要。趙王怕得罪秦王，不敢不給。藺相如主動請求去秦國送寶玉，結果用智慧戰勝了秦王，並把寶玉完整地帶回了趙國。後來，藺相如又在趙王和秦王的澠池會上，靠智慧和勇氣戰勝了欺負趙王的秦王，保住了趙王的面子。因這兩次大功，藺相如被趙王封為上卿，職位排在作戰勇敢、為國家立下很多戰功的廉頗之右。藺相如僅憑自己的一點智慧就比勞苦功高的廉頗官大，廉頗很不服氣，揚言要當面羞辱藺相如。但藺相如處處忍讓廉頗，兩個人的車隊在街上相遇時，藺相如都主動避讓。

藺相如手下的人很是生氣，對藺相如說：「憑什麼，我們官比他大，還要給他讓路啊！您怕他我們可不怕他！」藺相如對手下的人說：「秦王那麼厲害我都不怕，我怎麼能怕廉頗呢？我是擔心我們兩個鬧起矛盾來，丟得將相失和，讓秦國有機可乘。這樣不利

於國家啊！」

廉頗知道後，慚愧地說道：「我不如藺相如啊！」於是，脫了上衣，身背荊條，向藺相如請罪。從此，兩人成為莫逆之交。

◐ 走近名人

廉頗（西元前 327-西元前 243），今山西太原人。戰國末期趙國的名將，與白起、王翦、李牧並稱「戰國四大名將」。戰國時期，秦王曾多次派兵進攻趙國。廉頗統領趙軍屢敗秦軍，迫使秦國與趙國講和，聯合趙國等國共同討伐齊國。廉頗帶趙軍長驅深入齊境，攻取齊國的主要城市，威旗諸侯，趙國也隨之躍居六國之首。虎視趙國的秦國，懾於廉頗的威力也不敢貿然進攻趙國。

◐ 錦囊一開：負荊請罪

釋　　義｜背著荊條向對方請罪。表示向人承認錯誤並賠罪。

出　　處｜《史記·廉頗藺相如列傳》：「廉頗聞之，肉袒負荊，因賓客至藺相如門謝罪。」

近 義 詞｜引咎自責、肉袒負荊

反 義 詞｜興師問罪、以鄰為壑

成語造句｜老師，昨天的事情是我錯了，今天我來負荊請罪了。

詞語接龍｜負荊請罪 ➡ 罪有應得 ➡ 得不償失 ➡ 失道寡助

◯◗ 智慧小站

藺相如不曾為相：京劇中有一個著名的傳統劇碼《將相和》，這裡的「將」就是廉頗，「相」就是藺相如。於是，許多人就以為歷史上藺相如的官職是相。其實，藺相如沒有做過相。趙國最高的官職稱「相邦」，後稱「相國」，簡稱「相」，是百官之長。歷史上並沒有記載藺相如為相的經歷。他最高的職務就是上卿，與廉頗同列，排在廉頗右側。那時候以右為尊，所以，藺相如職務比廉頗高一些。

宮之奇「唇亡齒寒」勸虞公

春秋時期，晉國的晉獻公想擴充自己的實力和地盤，就找藉口說鄰近的虢國經常侵犯晉國的邊境，要派兵滅了虢國。可是在晉國和虢國之間隔著一個虞國，討伐虢國必須經過虞地。有大臣建議道：「虞國國君是個目光短淺、貪圖小利的人，只要我們送他一些價值連城的美玉和寶馬，他就能答應借道給我們。」

果然，虞國國君見到晉國的禮物，頓時就高興起來，滿口答應借道給晉國。虞國大夫宮之奇聽說後，立即晉見國君阻止道：「君王，千萬不可借道給晉君！」虞國國君問：「為什麼？晉國給了我們這麼多禮物，難道我們借個道給人家還不行嗎？」宮之奇說：「虢國是虞國的屏障。虢國滅亡了，虞國必定會跟著被滅掉。晉國的野心不可助長，對外敵不可忽視。我們借道給晉國一次就算是過分了，怎麼可能有第二次？俗話說，『唇亡齒寒』，沒有嘴唇，牙齒也保不住啊！這事萬萬使不得呀！」

聽了宮之奇的話，虞國國君生氣了：「你這個人怎麼這樣無情無義呢？人家晉國是大國，現在特意送來美玉和寶馬給咱們，要和咱們交朋友，咱們借條道給他們走走有什麼不行？這事就這麼定了，誰要再說不行就治罪！」

　　宮之奇連聲嘆氣，知道虞國離滅亡的日子不遠了，於是就帶著一家老小逃離了虞國。

　　果然，晉國軍隊借道消滅了虢國，返回途中在虞國駐紮，趁機襲擊並滅了虞國，把之前送給虞國國君的美玉寶馬又都搶了回去。

◑ 走近名人

　　宮之奇，生卒年不詳，春秋時虞國大夫，著名的政治家。春秋時期，各國攻伐不止，晉國與虞國為鄰，早有吞併虞國之心。但因為宮之奇明於料事，具有遠見卓識，忠心耿耿，和百里奚一起輔佐朝政，對外採取了聯虢拒晉的策略，使得晉國無隙可乘，不敢輕舉妄動。後來，虞國國君不聽宮之奇的勸阻，借道給晉國，導致國家滅亡。

◑ 錦囊一開：唇亡齒寒

釋　　義｜嘴唇沒有了，牙齒定會感到寒冷。藉以比喻雙方利害密切相關。

出　　處｜《左傳·哀公八年》：「夫魯，齊晉之唇，唇亡齒寒，君所知也。」

近 義 詞｜唇齒相依、息息相關

反 義 詞｜隔岸觀火、素昧平生

成語造句｜我們兩人與這件事密切相關，唇亡齒寒，我們一定要團結協作，共渡難關。

詞語接龍｜唇亡齒寒 ➡ 寒冬臘月 ➡ 月旦春秋 ➡ 秋風團扇

◐◐ **智慧小站**

　　古今「大夫」之別：古代的大夫，是官名。西周以後先秦諸侯國中，在國君之下有卿、大夫、士三級。大夫世襲，有封地。後世遂以大夫為官職之稱。秦漢以後，中央要職有御史大夫、中大夫、光祿大夫等職。至唐宋還有御史大夫及諫議大夫之官，至明清廢除。今天的大夫，專指醫生。這一稱呼來自宋朝，宋徽宗時在醫官中設置「大夫」以下官階，今天一直沿稱醫生為「大夫」。

張乖崖「水滴石穿」說犯罪

北宋時期，有個叫張乖崖的人，被派到崇陽縣擔任縣令。

當時，崇陽縣社會風氣很不好，盜竊成風，甚至連縣衙的錢庫也經常失竊。張乖崖是個很正直的官員，決心好好殺一殺這股歪風。

有一天，張乖崖在衙門周圍巡行，正好遇到一個管錢庫的小吏從錢庫中出來，見到張乖崖後就想繞道走開。

張乖崖見他神態不自然，慌慌張張的，就叫住他，問他慌慌張張在幹什麼？庫吏說沒做什麼。但庫吏的神態讓張乖崖聯想到錢庫失竊的事，會不會是監守自盜呢？於是，他讓隨從搜查庫吏。結果，在庫吏的頭巾裡搜到一枚銅錢。

張乖崖把庫吏押回大堂審訊，問他一共從錢庫偷了多少錢。

庫吏想，反正也沒有證據，所以，只承認就偷過這一次。

張乖崖不信，便下令拷打。

這一打，把庫吏打急了，庫吏怒衝衝地對張乖崖

喊道:「就拿了這一枚銅錢有什麼大不了，你竟這樣拷打我？我就是不承認，難道你還殺了我不成？」

張乖崖一聽，庫吏對自己的偷盜行為竟然如此解釋，十分憤怒，便拿起朱筆，宣判道:「一天偷盜一枚銅錢，一千天就偷了千枚銅錢。用繩子可以鋸斷木頭；水滴可以滴穿石頭，今日就判你死刑！」判決完畢，張乖崖命衙役把庫吏押到刑場斬首。

從此以後，崇陽縣的偷盜風被住，社會風氣也大大好轉。

◑ 走近名人

張乖崖（946-1015），原名張詠，山東鄄城人，諡號忠定，亦稱張忠定，是北宋太宗、真宗兩朝的名臣，尤以治蜀著稱。與北宋名臣趙普、寇準並列。張詠在自己的畫像上題字「乖則違眾，崖不利物，乖崖之名，聊以表德」。從此被人稱為張乖崖，而他的文集也被命名為《張乖崖集》。

◑ 錦囊一開：水滴石穿

釋　　義｜滴水可把石頭打穿。比喻雖然力量小，但只要目標專一、持之以恆地去做，就一定能把艱難的事情辦成。

出　　處｜宋·羅大經《鶴林玉露·一錢斬吏》:「一日一錢，千日千錢，繩鋸木斷，水滴石穿。」

近 義 詞｜繩鋸木斷、鐵杵磨針

反 義 詞｜半途而廢、虎頭蛇尾

成語造句｜只要拿出水滴石穿的勁頭，就沒有做不好的事情。

詞語接龍｜水滴石穿 ➡ 穿紅著綠 ➡ 綠林好漢 ➡ 漢官威儀

◑ 智慧小站

宋朝為什麼分為北宋和南宋？宋朝是由趙匡胤建立的，建都今天的河南開封，歷史上稱為北宋。後來，金軍攻破開封，掠走北宋皇帝，北宋滅亡。之後，宋高宗趙構在臨安（今杭州）重建宋朝，史稱南宋。

北宋與南宋，是相對兩個朝代的都城位置而言的。前期都城在開封，偏北方，所以稱北宋；後期都城在杭州，偏南方，所以稱南宋。北宋與南宋合稱宋朝。

劉備「三顧茅廬」請諸葛

漢朝末年，黃巾軍起義，天下大亂，朝廷無力管束各地有實力的官員們，所以，各地諸侯割據一方，東征西討。曹操控制皇帝，坐據朝廷，佔據了北方；孫權擁兵東吳，佔據了江南；劉備兵不多，將不廣，但也想成就一番大業，可是，打拼了多年，一直還沒有立足之地。為此，劉備很是憂慮。他決心要找個能人來輔佐自己。

他聽謀士徐庶和名士司馬徽說有個叫諸葛亮的人很有學識，又有才能，就和手下關羽、張飛帶著禮物到隆中（今湖北省襄陽城西南）臥龍崗去請諸葛亮出山輔佐自己。恰巧諸葛亮這天出去了，劉備只得失望而歸。不久，劉備又和關羽、張飛冒著大風雪第二次去請，可是這一天諸葛亮又出外閒遊去了。劉備只好留下一封信，表達自己對諸葛亮的敬仰和請他出來幫助自己打江山，挽救國家危局的想法。

過了一段時間，劉備又準備去請諸葛亮。二弟關羽說：「大哥，諸葛亮也許是徒有虛名，未必有真才實學，我們沒必要再去了。」三弟張飛更直接：「大哥，你就別去了，我們都去了兩次，已經夠誠心的了，如果你非要讓他來，我一個人去把他用繩子綁來不就完了。何必費這麼大的勁呢？」劉備說：「二位賢弟差矣，我們是請人家來幫助我們的，怎麼能那樣

呢？如果你們想去就聽我的，按我的要求去做；否則就別去了。」二人願意前往，同意聽劉備的，於是三個人第三次來到諸葛亮住處。

這一次，劉備終於見到諸葛亮，彼此相談甚歡。諸葛亮為劉備分析了情況，謀定了策略，並出山輔佐劉備，這才成就了劉備的一番偉業。

◯ 走近名人

劉備（161-223），蜀漢昭烈帝，字玄德，涿郡涿縣（今河北省涿州市）人，漢中山靖王劉勝的後代，三國時期蜀漢開國皇帝。他為人謙和，禮賢下士，寬以待人，志向遠大，知人善用，素以仁德為世人稱讚，是三國時期著名的政治家，西元二二一至二二三年在位。謚號昭烈帝，廟號烈祖，史家又稱他為先主。

◯ 錦囊一開：三顧茅廬

釋　　義｜比喻真心誠意，一再邀請對方幫助自己。

出　　處｜三國蜀・諸葛亮〈出師表〉：「先帝不以臣卑鄙，猥自枉屈，三顧臣於草廬之中。」

近 義 詞｜禮賢下士

反 義 詞｜拒人千里、妄自尊大

成語造句｜我三顧茅廬地邀請你，怎麼也得幫我這個忙吧。

詞語接龍｜三顧茅廬 ➡ 廬山面目 ➡ 目不忍睹 ➡ 睹景傷情

◑ **智慧小站**

　　諡號和廟號都是什麼意思？諡號，古代帝王、諸侯等死後，朝廷根據他們的生平給予一種稱號以褒貶善惡，稱為諡或諡號。直白點說，就是用一兩個字對一個人的一生做一個概括的評價。比如用文、武、明、睿等，都是好字眼。廟號，是專用名詞。皇帝死後，在太廟立室奉祀時特起的名號，如高祖、太宗等。中國古代，皇帝的稱呼往往和年號、諡號和廟號聯繫在一起，比如漢高祖就是廟號，隋煬帝就是諡號，乾隆皇帝就是年號。

羊續 「前庭懸魚」拒賄賂

東漢時期，有一個叫羊續的官員，為官正直、清正廉潔，從不接受賄賂。朝廷派他到南陽做太守，他只帶了一名隨從前往，微服私訪後上任。到南陽後不久，屬下的一位府丞給羊續送來一條大鯉魚。羊續拒不接受，推讓再三。那位府丞執意要羊續收下，不然就不走，羊續也只好留下。但那位府丞走後，羊續就將這條大鯉魚掛在屋外的柱子上，任風吹日曬，成為魚乾。

那位府丞在回家的路上邊走邊想：說羊續清廉是徒有虛名，自己送的魚，羊續不也收了嗎！過了幾天，那位府丞想在前程上得到羊續的關照，最好能夠再升個一官半職，於是又給羊續送來一條更大的鯉魚。

羊續見他又拿著魚來了，就把他帶到屋外的柱子前，指著柱了上懸掛的魚乾說：「你上次送的魚還掛在這裡呢，已成了魚乾，請你一起都拿回去吧。」那位府丞見此情景，甚感羞愧，只好悄悄地把魚拿走了。

此事一經傳開，南陽郡的官員和百姓無不稱讚羊續，敬稱其為「懸魚太守」，也再沒人敢給羊續送禮了。

◑ **走近名人**

　　羊續（142-189），後漢泰山平陽（今山東省泰安市）人。因其父為忠臣，羊續以忠臣子孫拜郎中，後出任過盧江、南陽二郡太守，官至太常。為官清廉簡僕、奉公守法，深受官民愛戴。臨去世時，家中只有一點布、一點鹽和很少的米。因羊續為官清廉，《後漢書》特意為他立傳。

◑ **錦囊一開：前庭懸魚**

釋　　義｜（羊續）把活魚懸掛在前庭上。形容為官清廉，不接受賄賂。

出　　處｜《後漢書・羊續傳》：「府丞嘗獻其生魚，續受而懸於庭；丞後又進之，續乃出前所懸者，以杜其意。」

近 義 詞｜羊續懸魚、一塵不染

反 義 詞｜貪心不足、貪得無厭

成語造句｜他是一個前庭懸魚的好法官，為百姓做了許多好事。

詞語接龍｜前庭懸魚 ➡ 魚帛狐篝 ➡ 篝燈呵凍 ➡ 凍解冰釋

◑ **智慧小站**

　　太守是什麼官職？太守原為戰國時代郡守的尊稱。西漢景帝時，郡守改稱為太守，為一郡最高行政長官。南北朝時期，新增州漸多。郡之轄境縮小，郡守權為州刺史所奪，州郡區別不大，至隋朝初年存州廢郡，以州刺史代郡守之任。此後太守不再是正式官名，僅用作刺史或知府的別稱。明清時期則專稱知府了。

韓信「一飯千金」來謝恩

漢高祖劉邦的大將韓信，年輕時非常窮困。那時候，因為不會耕種，韓信家裡經常沒有糧食吃，時常在一條小河邊，希望能釣上幾條魚，來解決挨餓的問題。可是，他釣魚的技術實在是不怎麼高，有時一天也釣不到幾條魚，甚至經常一條也釣不到，餓肚子的事情也就經常發生。

在他釣魚的地方，有很多清洗絲棉絮或舊衣布的老婆婆在那裡幹活，其中有一個老婆婆心地很善良，她很同情韓信的遭遇，便經常把家裡的飯團子拿來給韓信吃。

在這種艱難困苦下，得到那位以雙手勉強糊口的老婆婆的恩惠，韓信很是感激，對她說：「將來有一日我發達了，必定要重重地報答您。」

那老婆婆聽了韓信的話，告訴韓信：「我並不希望你將來報答我，只是看你現在生活得可憐！」

韓信在心裡永遠記住了那個老婆婆。後來，韓信替漢王劉邦打天下，立了大功，劉邦得了天下，封韓信為齊王。得志發達後的韓信想起從前曾受過老婆婆的恩惠，便把那個老婆婆接來，命人好好照顧她，還送給她一千兩黃金以示答謝。

後人便說，老婆婆的一頓飯值千金。

◑ 走近名人

韓信（西元約前 231-西元前 196），淮陰（今江蘇省淮安市）人，西漢開國功臣，中國歷史上傑出的軍事家，「漢初三傑」之一。韓信少年時，性格放縱而不拘禮節。因無謀生之道，常常依靠別人糊口度日。許多人都討厭韓信，甚至一個年輕的屠戶為侮辱韓信，讓韓信當眾從他的胯下爬過去。韓信照做了。人們都恥笑韓信，認為他是個怯懦之人。後來韓信到了軍中，立下赫赫功勞。韓信是中國軍事思想「謀戰」派代表人物，被後人奉為「兵仙」、「戰神」。

◑ 錦囊一開：一飯千金

釋　　義｜一頓飯值千兩黃金。比喻厚厚地報答對自己有恩的人。

出　　處｜《史記·淮陰侯列傳》：「信至國，召所從食漂母，賜千金。」

近 義 詞｜知恩圖報

反 義 詞｜恩將仇報、忘恩負義

成語造句｜一飯千金，我會永遠記住並報答你給予我的這些幫助。

詞語接龍｜一飯千金 ➡ 金榜題名 ➡ 名不虛傳 ➡ 傳柄移藉

◑ 智慧小站

漢初三傑：「漢初三傑」是指為漢朝建立立下大功的張良、蕭何、韓信這三個人。漢高祖劉邦曾說：「我之所以有今天，得力於三個人：運籌

帷幄之中，決勝千里之外，吾不如張良；鎮守國家，安撫百姓，不斷供給軍糧，吾不如蕭何；率百萬之眾，戰必勝，攻必取，吾不如韓信。三位皆人傑，吾能用之，所以取天下者也。」

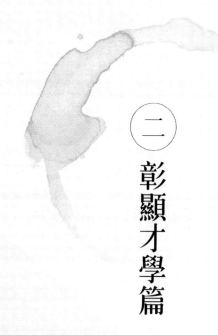

二 彰顯才學篇

人物譜

孫　臏·曾與龐涓同窗。師從鬼穀子學習兵法，龐涓嫉賢妒能，用計迫害孫臏。孫臏通過田忌賽馬做了齊國軍師。在馬陵之戰中，計殺龐涓，打敗魏軍。

班　超·東漢著名的軍事家和外交家，曾出使西域。為平定西域，促進民族整合，做出了巨大貢獻。

毛　遂·平原君趙勝的門生，起初未得展露鋒芒，他再薦出使楚國，促成楚、趙合縱，從此聲威大震，並獲得了「三寸之舌，強於百萬之師」的美譽。

楊彪

怨己無「先見之明」

三國時期，曹操手下有位主簿（謀士）是漢朝老臣楊彪的兒子楊修。因為他積極為曹操的兒子曹植出謀畫策爭奪太子地位，曹操對他很不滿。

一次，楊修隨曹操大軍出征，但城池久攻不下，曹操就有了撤軍的想法。這天晚上，值班的軍官問曹操當晚的號令是什麼。曹操正在喝雞肋湯，隨口就說：「雞肋。」楊修聽說晚上的號令是「雞肋」，便立刻明白曹操的意思是想要退兵。於是他便和值班的軍官說：「收拾一下行裝吧，丞相打算退兵了。」值班的軍官說，你怎麼知道丞相要退兵了？楊修說：「你想啊，今晚的號令是『雞肋』，『雞肋』食之無肉，扔之可惜，丞相不是要撤軍嗎？」於是，全營的將士紛紛收拾行裝，準備撤退。

曹操知道這個情況後非常吃驚，便問值班的軍官原因，才知道是楊修點破了自己的心思，心裡暗暗佩服楊修的聰明，同時也很嫉妒楊修的才智。於是，藉口說楊修擾亂軍心，把他殺了。

作為漢朝的老臣，楊修的父親楊彪對於兒子就這樣死了，很是傷心，因思念兒子而日漸憔悴。曹操有一天見到他問：「楊公為什麼身體這般消瘦啊？」楊彪歎氣道：「我慚愧啊，沒有能夠像金日磾一樣具有

先見之明，現在還有像老牛舔著自己的孩子一樣的愛子之心！」楊彪暗示自己不應該讓兒子楊修跟隨曹操，而曹操殺害。曹操聽後，心裡很是內疚。

◑ 走近名人

楊彪（141-225），字文先，弘農華陰（今陝西華陰東）人，東漢名臣。少年時受家學的薰陶，初舉孝廉，州舉茂才，到朝廷為官。楊彪知識淵博，公道正派，做到了很高的官職。漢獻帝時為太尉，董卓欲遷都長安，百官沒人敢提出異議，只有他極力反對，被免去官職。董卓死後又復為太尉。後來為曹操所忌，誣陷他大逆不道，再次被免官。

◑ 錦囊一開：先見之明

釋　　義｜事先看清問題的能力。指對事物發展有預見性。

出　　處｜《後漢書·楊彪傳》：「愧無日磾先見之明，猶懷老牛舐犢之愛。」

近 義 詞｜料事如神、遠見卓識

反 義 詞｜放馬後炮、鼠目寸光

成語造句｜你真有先見之明，這件事你說得真對。

詞語接龍｜先見之明 ➡ 明察秋毫 ➡ 毫不諱言 ➡ 言不達意

◑ 智慧小站

金日磾的先見之明是怎麼回事？金日磾是匈奴休屠王的太子。漢武帝時，驃騎將軍霍去病出兵攻擊匈奴，打敗休屠王。後來，休屠王被匈奴的

單于所殺，年僅十四歲的日磾隨家人降漢，被安置在黃門署養馬。漢武帝因獲得休屠王祭天金人故賜日磾姓金。因為他審時度勢，觀察時變，做事小心謹慎，從不越軌行事，深受武帝信任，成為近臣。金日磾有兩個兒子，武帝很喜愛，時常留在身邊嬉戲，由於長子放蕩不羈，和宮女嬉戲，金日磾擔心將來會帶來災禍，親手將兒子殺死，武帝更是對金日磾敬重有加。後來，金日磾察覺到有個叫馬何羅的人陰謀反叛，暗中監視他。在馬何羅竄入宮中向武帝行刺時，果斷上前抱住馬何羅，和侍衛們擒住了馬何羅。從此，金日磾的忠誠篤敬和聰明才智聞名於朝野。

晏嬰「摩肩接踵」話人眾

春秋時期，齊國相國晏嬰個子矮小，相貌也不出眾，但頭腦機靈，能言善辯，善於辭令，內輔國政，屢諫齊君。對外交往既富有靈活性，又堅持原則性，捍衛了齊國的國格和國威。

有一次，晏嬰奉命出使楚國，楚王知道晏嬰的相貌，便事先準備好要侮辱他一番。

見到晏嬰，楚王說：「齊國難道沒有人了嗎？」晏嬰聽出楚王話裡有話，不懷好意，於是爽朗地回答：「楚王啊，我們齊國僅都城就有七千多戶人家，人挨著人，肩並著肩，展開衣袖可以遮天蔽日，揮灑汗水就像天下雨一樣，怎麼能說齊國沒有人呢？」

楚王說：「既然有這麼多人，為什麼派你這樣一個人來做使臣呢？」

晏嬰正色回答：「我們齊國派遣使臣，各有各的出使對象，賢明的人就派遣他出訪賢明的國君，無能的人就派遣他出訪無能的國君，使者中，我是最無能的人，所以就只好出使楚國了。」

楚王聽後，覺得很不好意思，臉面有些掛不住，本想侮辱晏嬰，卻反被晏嬰所辱。

◯ 走近名人

晏嬰（西元前 578-西元前 500），字仲，諡平，又稱晏子，夷維（今山東高密）人。春秋後期齊國重要的政治家、外交家。以生活節儉、謙恭下士著稱。晏嬰歷任齊國三朝的卿相，輔政長達五十餘年。司馬遷非常推崇晏嬰，將其比為管仲。孔子曾贊晏嬰曰：「救民百姓而不誇，行補三君而不有，晏子果君子也！」

◯ 錦囊一開：摩肩接踵

釋　　義｜肩碰著肩，腳碰著腳。形容人多擁擠。

出　　處｜《晏子春秋‧內篇‧雜下》：「臨淄三百閭，張袂成陰，揮汗成雨，比肩接踵而在。」

近 義 詞｜熙熙攘攘、熙來攘往

反 義 詞｜地廣人稀、荒無人煙

成語造句｜小商品博覽會上，參觀的人摩肩接踵，好不熱鬧。

詞語接龍｜摩肩接踵 ➡ 踵決肘見 ➡ 見彈求鴞 ➡ 鴞啼鬼嘯

◯ 智慧小站

相國是什麼官職？相國是中國古代官名。春秋時期齊景公開始設左、右相，相成為齊國卿大夫的世襲官職。以後其他諸侯國也有設置這個職務的，或稱「相國」，或稱「相邦」，或稱「丞相」。相國是輔佐國王或者皇帝治理朝政的高級官員。秦國統一六國後設有左右丞相，相國一職被廢置。漢初先置丞相，後改為相國。此後，這一官職的稱呼多有變化，如大

司徒、宰相、輔相、內閣大學士和軍機大臣等，實際上履行的職責基本是一樣的。

孫臏 「圍魏救趙」顯智慧

春秋時期，齊國相國晏嬰個子矮小，相貌也不出眾，但頭腦機靈，能言善辯，善於辭令，內輔國政，屢諫齊君。對外交往既富有靈活性，又堅持原則性，捍衛了齊國的國格和國威。

有一次，晏嬰奉命出使楚國，楚王知道晏嬰的相貌，便事先準備好要侮辱他一番。

見到晏嬰，楚王說：「齊國難道沒有人了嗎？」晏嬰聽出楚王話裡有話，不懷好意，於是爽朗地回答：「楚王啊，我們齊國僅都城就有七千多戶人家，人挨著人，肩並著肩，展開衣袖可以遮天蔽日，揮灑汗水就像天下雨一樣，怎麼能說齊國沒有人呢？」

楚王說：「既然有這麼多人，為什麼派你這樣一個人來做使臣呢？」

晏嬰正色回答：「我們齊國派遣使臣，各有各的出使對象，賢明的人就派遣他出訪賢明的國君，無能的人就派遣他出訪無能的國君，使者中，我是最無能的人，所以就只好出使楚國了。」

楚王聽後，覺得很不好意思，臉面有些掛不住，本想侮辱晏嬰，卻反被晏嬰所辱。

◎ 走近名人

　　孫臏（？-西元前 316），名伯靈，山東鄄城人，是戰國時期的軍事家。孫臏是著名軍事家孫武的後代，曾與龐涓一起師從鬼穀子學習兵法。後來龐涓做了魏惠王的將軍，因嫉妒孫臏的能力，使用奸計騙孫臏到魏國，並處孫臏以髕（膝蓋骨）刑。後來，齊國使者偷偷將孫臏救到齊國，孫臏做了齊威王的軍師。馬陵之戰，打敗魏軍，龐涓身亡。著有《孫臏兵法》一書。

◎ 錦囊一開：圍魏救趙

釋　　義｜用大軍圍攻魏國，迫使魏軍撤回而救趙國。今天一般指襲擊敵人的老窩，以迫使進攻之敵撤退的戰術。

出　　處｜《史記·孫子吳起列傳》：「君不若引兵疾走大樑，據其街路，沖其方虛，彼必釋趙而自救。是我一舉解趙之圍而收弊于魏也。」

近 義 詞｜調虎離山、聲東擊西

反 義 詞｜圍城打援

成語造句｜遊擊隊用圍魏救趙的辦法，救了被日軍抓走的百姓。

詞語接龍｜傳爵襲紫 ➡ 紫袍玉帶 ➡ 帶減腰圍 ➡ 圍魏救趙

◎ 智慧小站

　　什麼是髕刑？髕，是膝蓋關節的一塊骨，略呈三角形，尖端向下，也叫膝蓋骨。髕刑是中國古代夏商時期的五個重要刑罰之一，又稱刖刑。是

斷足或剟去犯人膝蓋骨的刑罰。這種刑罰很殘酷,受到髕刑的人從此就無法走路了。

郭隗「千金買骨」表誠意

戰國時期，燕國昭王繼承王位。因為之前燕國遭受齊國攻打，七十多個城池被齊國佔領，拼盡全力才守住兩個城池，結果元氣大傷，所以燕昭王立志招納賢士振興國家。

他問自己的老師郭隗：「您看，如何做才能找到有才能的人來呢？」

郭隗說：「回君王，這不是一兩句話就能說好的，先讓我給君王講個故事吧。」

過去有個國王，聽人說有千里馬，就想自己也擁有一匹。但是他沒有見過千里馬什麼樣，於是就讓一個自己最信得過的大臣，拿一千兩黃金去購買一匹回來。大臣盡心竭力，尋遍了國中養馬的人，但始終也沒有找到千里馬。

有一天，在一個很大的村子裡，他見到一個農人家裡養的一匹好馬不幸病死了，村裡人都對著馬的屍骨歎息。大臣靈機一動，便用五百兩黃金把這匹馬的屍骨買了下來。農人們都驚奇於這個大臣為買一匹死馬而花這麼多錢。

於是，這個大臣帶著死馬來到國王面前，國王看到後很生氣。但這個大臣並沒有理會國王的生氣，而

是不緊不慢地對國王說：「大王您不要發怒，請聽我說一下我這樣做的理由。我買了這匹死馬，所有看到的人都感到新奇，他們議論紛紛，一定會把這件事互相傳說。那麼，有千里馬的人就會想，連死了的好馬都這麼被國王看重，真正的寶馬就更不用說了！我這一路是為大王做宣傳，擴大您的影響。所以大王不要著急，很快就會有人帶著千里馬送上門了。」果然，國內外的好馬紛紛被人牽著來到王宮。

燕昭王邊聽故事邊低頭沉思。

郭隗繼續說：「千里馬好比賢士，現在君王要不惜重金訪求賢士，就先從我開始，把我當做那匹死了的千里馬，讓天下人知道君王是多麼愛惜人才，那麼，天下比我有才幹、有智慧的人，一定會紛紛而來的。」

燕昭王恍然大悟。於是，他大張旗鼓給郭隗蓋好房子，給他豐厚的俸祿，築了一個很高的檯子封給他大官，並且對他倍加恭敬。

這件事影響很大，很快就傳遍天下，各地有才之士紛紛投奔燕國，燕國終於又重新振興起來。

◑ 走近名人

郭隗，生卒年不詳，戰國時燕國（今河北省定興縣）人。燕昭王的父親燕王噲沒把王位傳給自己的兒子，而是讓給了相國子之，這引起了大禍。子之為人殘忍，要把燕王的兒子和親信全部除掉。結果燕國大亂，齊國趁此大舉發兵，破了燕國，子之被殺，燕王噲也身亡。郭隗當時任太子平的老師，他保護太子平逃到無終山避難。後來又輔佐太子平即王位復

國，太子平也就是燕昭王。郭隗又想辦法為燕國召來許多奇人異士，終於使燕國富強起來。

◖ 錦囊一開：千金買骨

釋　　義｜用重金去買良馬的骨頭。比喻重視人才，愛惜人才。

出　　處｜漢・劉向《戰國策・燕策》：「三月得千里馬，馬已死，買其骨五百金，反以報君。」

近 義 詞｜求賢若渴、愛才如命

反 義 詞｜嫉賢妒能、妒賢嫉能

成語造句｜只要我們抱著千金買骨的態度，定能找到專業的人才。

詞語接龍｜千金買骨 ➡ 骨顫肉驚 ➡ 驚天動地 ➡ 地大物博

◖ 智慧小站

歷史上的燕國：在中國歷史上有很多燕國，但一般多指從西周到春秋戰國時期在中國北方的一個諸侯國。國君姬姓，是西周時宗室召公（周文王的兒子，周武王的兄弟）之後，國家的地域在今北京及河北中、北部，都城在「薊」（今北京房山區琉璃河）。戰國時為七雄之一，後被秦國滅亡，史稱北燕國。與之相對應的有個南燕國，是黃帝的後代中有個叫伯儵的，商朝時被封於燕（今河南省延津縣東北），建立燕國，歷史上為與薊地燕國相區別，稱作南燕國。此燕國為姞姓，一直延續到春秋時期，後來滅亡。

此後，我國歷史上又有前燕國、後燕國、西燕國、北燕國、南燕國、大燕國、五代燕國及明朝的封國燕國等。

呂陶

展文采「一坐皆驚」

宋朝時期，有個叫蔣堂的人擔任蜀郡的郡守，他非常希望那些有才能的文人學士來幫助自己治理政務。於是，他將很多學士招到自己的府中，聽他們的教誨，讓他們為自己出謀畫策。

十三歲的呂陶也被人推薦給蔣堂。蔣堂心想，這孩子太小了，能有什麼才能呢？不過又一想，自己召集了這些人才來，也不差這一個，於是也就讓呂陶到自己的府中來了。

有一次，蔣堂要學士們寫一些文章來評論他的施政情況，他故意最後看呂陶的。但是，當他看到呂陶的文章時，就覺得前邊的那些文章淡而無味了，文章寫得太好了，簡直可以和漢朝的大儒賈誼的文章媲美。蔣堂激動得招集所有的學士們來聽，在座的所有文人學士都為之驚訝。於是，蔣堂改變了自己原來的看法，更加敬慕呂陶了。從此，經常讓呂陶跟隨左右。

一天，蔣堂帶呂陶到一個寺廟遊玩，看到一塊寺碑上有碑文，他們就一起讀了起來。回來後，他們一起飲酒，飲完酒，蔣堂要把看過的碑文記錄下來，但因為有些地方沒記住，所以斷句缺字的。於是蔣堂對呂陶說：「老夫沒能都記住，你為我補上吧。」呂陶

很快就補上了。蔣堂派人拿著寫後的碑文去寺廟對照，結果一個字都不差。蔣堂越加佩服呂陶，後來又把呂陶推薦到朝中為官。

◑ 走近名人

呂陶（1028-1104），字元鈞，眉州彭山（今屬四川）人。宋仁宗皇祐年間進士，任太原府判官，後又做彭州知州、起居舍人、中書舍人等官職。因為官正直，多次被貶官又多次被起用。著有《呂陶集》六十卷。

◑ 錦囊一開：一坐皆驚

釋　　義	指滿座的人都驚歎佩服。形容一個人的才學或者能力得到人們的認可。
出　　處	南朝・宋・劉義慶《世說新語・文學》：「頃之，長史諸賢來清言，客主有不通處，張乃遙於末坐判之，言約旨遠，足暢彼我之懷，一坐皆驚。」
近 義 詞	滿座皆驚、一坐盡驚
反 義 詞	不理不睬
成語造句	小林的話讓大家一坐皆驚，誰也沒想到他會有這樣一番言論。
詞語接龍	一坐皆驚 ➡ 精彩絕豔 ➡ 豔美無敵 ➡ 敵國同舟

◑ 智慧小站

古代的貶官：貶官就是因失職、犯錯誤或者被誣陷等降低官職。古時候做官的人是給帝王做事，所以，一不小心得罪了權貴觸犯了帝王就會被

貶官他鄉。一般貶官所去的地方都比較偏遠，這是對被貶官員的一種懲
罰。比如在朝廷上犯了錯誤，可能被貶官到京城之外；在京城之外的某個
地方犯了錯誤，可能被貶官到更加偏遠的沒有人願意去的地方。

班超

「不入虎穴，焉得虎子」

東漢時朝，朝廷派遣奉車都尉竇固出兵攻打匈奴，班超隨從北征，在軍中任假司馬（代理司馬）之職。班超一到軍中，就顯示出他與眾不同的才能。司馬官職很小，但他兩次率領部下攻擊敵人都大獲全勝。

竇固為此很賞識他的軍事才幹，於是提升了他的官職，派他到西域（今天的新疆一帶）去聯絡那裡的鄯善國國王，共同抗擊匈奴。

班超率領三十六名部下，千里迢迢、一路跋涉來到了鄯善國。國王聽說他們是漢朝的使者，開始時噓寒問暖，很是熱情，把他們奉為上賓。幾天後卻突然變得很冷淡，對班超一行不理不睬了。憑著直覺，班超認為必有原因。於是，他暗中調查。原來，匈奴也派使者來和鄯善王聯絡感情，並且在鄯善王面前說了東漢許多壞話。鄯善王因此改變了態度，甚至派兵監視班超等人。

聞聽此情況，班超立刻召集大家商量對策。班超說：「現在我們的處境很危險，只有除掉匈奴使者才能消除鄯善王的疑慮，兩國才能和好。」可是部下說：「匈奴人比我們多，防守又嚴密，該怎麼辦呢？」班超鼓勵大家說：「不入虎穴，焉得虎子！大家聽我

指揮，我們趁匈奴人不備，突襲他們。」這天深夜，班超做了周密安排，帶領部下突然衝入匈奴使者的營地，一邊放火，一邊手執弓箭刀槍射殺了全部匈奴人。

第二天，班超去見鄯善王說明了真相。鄯善王一看漢朝的使者如此勇猛無比，便和班超言歸於好，表示自己願意恢復與漢朝的友好關係。

◐ 走近名人

班超（32-102），字仲升，東漢扶風平陵（今陝西省咸陽市東北）人。班超是東漢著名的軍事家和外交家。班超是著名史學家班彪的幼子，其長兄班固、妹妹班昭也是著名的史學家。班超少有大志，做事謹慎，審察事理。他曾出使西域，為平定西域，促進民族融合，做出了巨大貢獻。「投筆從戎、不入虎穴，焉得虎子」這兩個成語都與他有關。

◐ 錦囊一開：不入虎穴，焉得虎子

釋　　義｜不進老虎窩，怎能捉到小老虎。比喻不親身經歷險境就不能獲得成功。

出　　處｜范曄《後漢書·班超傳》：「超曰：『不入虎穴，不得虎子。』」

近 義 詞｜親臨其境、渾身是膽

反 義 詞｜膽小如鼠、畏首畏尾

成語造句｜不入虎穴，焉得虎子，我們今天不冒點險，就看不到更美麗的風景。

詞語接龍｜ 不入虎穴，焉得虎子 ➡ 子不語怪 ➡ 怪誕不經 ➡ 經綸
濟世

◐ 智慧小站

鄯善國是西域古國之一，國都在扞泥城（今新疆若羌附近）。東通敦煌，西通且末、精絕、拘彌、于闐，東北通車師，西北通焉耆，扼絲綢之路的要衝。產馬、驢、駝等。本名樓蘭。漢昭帝元鳳四年（前 77）以前稱樓蘭，以後改國名為鄯善。四四八年，北魏滅鄯善國，共存國六百多年。

姜子牙「太公釣魚」釣王侯

商朝末年，在商朝為官的姜子牙，見商紂王荒淫無道，每天吃喝玩樂不理朝政，濫殺無辜，不顧百姓死活大興土木，壞事做絕，知道商朝不會長久了，便棄官逃往西岐。那裡是西伯侯姬昌的領地，姜子牙本來想直接投奔姬昌，又怕被人恥笑，就在渭水河邊的一個小村子裡住下，等待時機。

這時的姜子牙已經八十多歲了，在小村子裡空等也不是辦法，必須得想個辦法讓人們知道自己。於是，他就來到渭河邊釣魚，而且他釣魚的方法與別人不一樣：他用直鉤釣魚，釣還離著水面三尺遠，魚鉤上也沒有魚餌。有一個叫武吉的樵夫擔柴路過，見到姜子牙如此釣魚，很覺奇怪。便上前和姜子牙搭話，問他為何如此釣魚？姜子牙笑著說：「老夫釣魚是假，只想釣王侯，待機進取是真。」武吉一聽樂了：「像你這樣愚拙的人，王侯怎麼能來見你呢？」說罷，就擔起柴擔進城賣柴去了。

不料，武吉在城門口失手打死守門的軍士，招來殺身之禍，軍士們抓住他，把他送到西伯侯姬昌那裡。姬昌得知武吉是個孝子，家中有老母無人奉養，便給了他一些錢，命他回去安頓好老母再回來領罪。武吉老母親得知此事非常絕望，要和武吉一起去領罪。路上遇到姜子牙，姜子牙攔住他們並出了個主

意，讓武吉儘管回家幹活，照顧老母親。

　　過了一年的春天，一日，西伯侯姬昌來到渭河邊踏青。忽然聽到有人唱歌：「鳳非乏兮麟非無，但嗟治世有汙。龍興雲出虎生風，世人慢惜尋賢路……」姬昌一聽這不是一般人能夠唱出來的歌，忙叫隨從將唱歌的人找來，認出是武吉，便非常不高興地說：「你怎麼敢欺騙我，不來領罪，反而在此唱歌？」武吉便照實說了姜子牙如何不讓自己去，並如何教他唱這首歌。姬昌正在到處尋訪人才，他得知姜子牙有這般才能，一定是個賢者，便命武吉帶路去尋訪姜子牙。姬昌見到姜子牙後，兩人相談甚歡，於是封姜子牙為太公，讓他輔佐朝政。後來姜子牙輔佐姬昌（周文王），幫助武王伐紂，建立了周朝。

◑ 走近名人

　　姜子牙（約西元前 1128-約西元前 1015），本名呂尚，姜姓，字子牙，被尊稱為太公望，後人多稱其為姜子牙、姜太公。中國歷史上著名的政治家、軍事家和謀略家。姜子牙年輕的時候家境貧寒，無以為生，幹過宰牛賣肉的屠夫，也開過酒店賣過酒，以養家糊口。但姜子牙人窮志不短，他始終勤奮學習天文地理、軍事謀略，研究治國安邦之道，期望有一天能為國家施展才華。年過八十，他才遇到周文王，佐周滅商，成就偉業。

◑ 錦囊一開：太公釣魚

　　釋　　義│比喻心甘情願地上當，中別人的圈套或者做某件事。

出　　處｜《武王伐紂平話》下卷：「姜尚因命守時，直鉤釣渭水之
　　　　　魚，不用香餌之食，離水面三尺，尚自言曰：『負命者上
　　　　　鉤來！』」

近 義 詞｜死心塌地、心甘情願

反 義 詞｜強人所難、死不甘心

成語造句｜太公釣魚，願者上鉤，參不參加這次活動，你自己說了
　　　　　算。

詞語接龍｜太公釣魚 ➡ 魚目混珠 ➡ 珠聯璧合 ➡ 合情合理

◗ 智慧小站

　　古人的字和號：現代人，大多數有「名」無「字」，所以，所說的「名字」，基本指人的名或姓名。可是，在古代，多數人既有「名」又有「字」，有些人名、字之外還有「號」。所謂「名」，是社會上個人的特稱，即個人在社會上所使用的符號。「字」往往是名的解釋和補充，是與「名」相表裡的，所以又稱「表字」。號是人的別稱，所以又叫「別號」。號的實用性很強，除供人呼喚外，還用做文章、書籍、字畫的署名等。

季梁「南轅北轍」諫國王

戰國時期，魏安釐王想出兵攻打趙國，還不允許大臣們勸阻。謀臣季梁本已奉命出使鄰邦，聽到這個消息，立刻半途折回。他擔心大軍出發，來不及整理衣服皺折，顧不得洗去頭上的塵土，趕緊去見安釐王。

安釐王見到他說：「你去出訪別國，怎麼又回來了？不是也來勸阻我伐趙的吧？」季梁說：「我有些出訪的東西沒準備充分，回來準備一下，順便拜見一下大王。」然後，他對安釐王說：「今天我回來的時候，遇見了一件奇怪的事，大王想不想聽聽？」安釐王說：「什麼事，說說吧！」季梁說：「我在路上遇見一個人，正趕著他的馬車往北面走，我問他去哪裡，他告訴我說想到楚國去。我說你既然要到楚國去，為什麼往北走呢？他又說：『我的馬好。』我說：『馬越好，走得越快，離楚國會越遠啊！』他說：『這沒關係，我的路費很充足。』我說：『路費再多，但這不方向不對啊。』他又說：『我的車夫善於趕車。』說完繼續往前走。看著馬車遠去的背影，我想，他的這幾樣越好，反而離楚國會越遠！」

見安釐王若有所思，季梁繼續說：「如今，大王想建立霸業，而我們所做的每一件事都是為了在天下樹立威信，但是，如果大王依仗魏國的強大、軍隊的

精良，去攻打趙國，以擴展土地，獲得名分上的尊貴，這樣的行動越多，距離大王成就霸業的願意無疑會越來越遠。這和那位想到楚國去卻向北走的人不是一樣的嗎？」安釐王覺得季梁說得有道理，於是決定取消進攻趙國的計畫。

◑ 走近名人

季梁，生卒年不詳，又稱季氏梁，春秋初期政治家，隨國大夫。季梁出身於貴族家庭，少年時代受過良好的教育，他學習勤奮，學識淵博，成年後輔佐隨國國君治理國政。輔佐隨侯期間，提出「夫民，神之主也」的唯物主義思想、「修政而親兄弟之國」的政治主張以及「避實擊虛」的軍事策略，使隨國成為「漢東（漢水以東）大國」。後來，季梁又到了魏國，輔佐魏王。

◑ 錦囊一開：南轅北轍

釋　　義｜想往南方去而車子卻向北行。比喻行動和目的正好相反。

出　　處｜劉向《戰國策・魏策》：「猶至楚而北行也。」

近 義 詞｜背道而馳、適得其反

反 義 詞｜有的放矢、殊途同歸

成語造句｜你的這個做法是南轅北轍，效果會越來越不好。

詞語接龍｜南轅北轍 ➡ 轍亂旗靡 ➡ 靡堅不摧 ➡ 摧剛為柔

◑ 智慧小站

戰國時期也叫戰國時代。中國的戰國時代有兩種說法，一種認為：根

據《史記・六國年表》記載，戰國始於前四七五年（周元王元年），止於
秦始皇統一天下。另一種認為：從韓、趙、魏三家分晉開始算起至秦始皇
統一天下。前四〇三年，韓、趙、魏三家分晉，東周共主之周威烈王冊命
了韓、趙、魏三家列位諸侯，由此戰國七雄局面正式形成。西漢末年劉向
編著的《戰國策》中記載了這一時期，所以人們稱之為戰國。戰國時代是
華夏歷史上分裂對抗最嚴重且時間持續最久的時代之一。

王戎
七歲識「道邊苦李」

有一年夏天，一群孩子在路邊玩官軍捉賊的遊戲，七歲的王戎也跟在他們中間一起玩。

玩著玩著，一個扮成官軍的孩子發現路邊有一棵李子樹，樹上長滿了已經熟的李子，便忙招呼大家過去看。

孩子們都跑了過去，一看李子樹的枝頭都被李子壓得很低，幾個個子大點的孩子急忙伸手去摘，個子小的夠不著，就用棍棒去打，還有的孩子動作更快，幾下就爬到了樹上。只有王戎站在旁邊看著沒動。

這時，有一個孩子問他為什麼不去摘李子，王戎回答：「李子樹在路邊，樹上能有這麼多李子，證明其一定很酸苦，否則早被摘光了。」

那個孩子不信，拿起一個摘下的李子放到嘴裡，果然很快就吐了出來，忙點點頭說：「真是又酸又苦！」

◐ 走近名人

王戎（234-305），字濬沖，琅琊臨沂（今山東省臨沂）人，西晉名士。自幼聰慧，個子不高，但風姿秀徹。據說能直視太陽而不目眩，當時的中書令裴楷稱其「燦燦如下電」。成年後官至司徒、封安豐縣

侯。他是「竹林七賢」中年齡最小的一位。

◐ **錦囊一開：道邊苦李**

釋　　義｜道路邊李子樹上的苦李子。比喻庸才、無用之才。

出　　處｜南朝・宋・劉義慶《世說新語・雅量》：「樹在道邊而多
　　　　　子，此必苦李。」

近 義 詞｜庸碌之輩、斗筲之材

反 義 詞｜棟樑之材、出類拔萃

成語造句｜那個人是道邊苦李，做不了什麼事。

詞語接龍｜道邊苦李 ➡ 李代桃僵 ➡ 僵李代桃 ➡ 桃紅柳綠

◐ **智慧小站**

竹林七賢：三國後期，西晉初年，嵇康、阮籍、山濤、向秀、劉伶、
王戎及阮咸七個文化人士常聚在當時的山陽縣（今河南省輝縣、修武一
帶）竹林之下，一起學習，寫文章，研究學問，世謂「竹林七賢」。「竹
林七賢」的作品基本上繼承了建安文學的精神，採用比興、象徵、神話等
手法，隱晦曲折地表達自己的思想感情。

夷吾 「一網打盡」反對派

晉公子夷吾和公子重耳是親兄弟。因為父親晉獻公立別人為接班人，他們兩個人為防止迫害便相繼出逃到國外。晉獻公死後，國內大亂，夷吾在秦國和齊國的幫助下回國登上王位，是為晉惠公。可是在晉惠公的大臣中，以里克和丕鄭為首的一部分人暗裡擁護重耳。但這些人對晉惠公當上國王也有功。

有一次，丕鄭出使秦國，晉惠公借故殺了里克。丕鄭回來後，心裡很恐懼，生怕自己也會被惠公殺害。他心裡很恨惠公，便暗地召集同黨，商量趕走惠公，迎公子重耳登王位。

一天，有個叫屠岸夷的官員來見丕鄭，丕鄭問他有什麼事情。屠岸夷告訴丕鄭，惠公要殺自己，請丕鄭相救。丕鄭不知道屠岸夷到底是什麼用意，就說：「你去找呂省救你吧！」屠岸夷說：「呂省不是好人，我正要喝他的血，吃他的肉呢！」丕鄭對屠岸夷還是不大相信。屠岸夷又獻計說怎樣才能推翻惠公。丕鄭聽後，質問他是誰讓他來說的！屠岸夷見丕鄭不相信自己，只好咬破指頭，對天發誓：「天帝在上，我如有三心二意，死我全家。」屠岸夷這樣一發誓，丕鄭就相信了他。

接著，丕鄭把九位同黨都找來，一起密謀推翻夷

吾，並給重耳寫了一封信，請他準備回來。所有的同夥都在信上簽了字並交給屠岸夷。

屠岸夷把信藏好帶走，告訴大家一定會送達重耳那裡。可是，第二天上朝，晉惠公問丕鄭：「你們為什麼要迎重耳回來？」丕鄭一夥人都吃了一驚，才知不好。這九位反對夷吾的大臣被一網打盡，都被砍了頭。

◎ 走近名人

夷吾──晉惠公（？-西元前 637），春秋時期晉國國君，西元前六五○至西元前六三七年在位。死後，他的兒子繼位，是為晉懷公。公子重耳在大臣們的幫助下殺了晉懷公而立為王，重耳即為晉文公。晉文公領導晉國成為霸主。

◎ 錦囊一開：一網打盡

釋　　義｜比喻一個不漏地全部抓住或徹底肅清反對派。

出　　處｜宋・魏泰《東軒筆錄》卷四：「聊為相公一網打盡。」

近 義 詞｜斬草除根、一掃而光

反 義 詞｜一介不取

成語造句｜這夥不法分子在聚會時被我公安人員一網打盡。

詞語接龍｜一網打盡 ➡ 盡力而為 ➡ 為國為民 ➡ 民和年豐

◎ 智慧小站

晉獻公死後，晉國為何大亂？獻公繼位後，攻伐一個叫驪戎的小國，

得到驪姬及其妹，從此，二人受到獻公寵倖。後來，驪姬生公子奚齊，驪姬之妹生公子卓子。驪姬一心想讓自己的兒子做太子，晉獻公也就想廢掉太子申生。後來，驪姬設計陷害太子申生，申生只好逃出都城後自殺。驪姬又誣告獻公的另外兩個兒子重耳和夷吾，二人也只得離開都城。晉獻公對兩個兒子不辭而去很是生氣，認為他們有逆謀之心，還派兵攻打他們。不久晉獻公病危，囑託大夫荀息主政，輔助太子奚齊繼位。晉獻公死後，奚齊被大臣里克所殺，荀息又立驪姬妹之子卓子繼位，里克又殺了卓子，迎立公子夷吾，是為晉惠公。

毛遂「一言九鼎」救國家

　　戰國時期有一年，秦國的軍隊包圍了趙國的都城邯鄲，趙國形勢十分危急，趙國國君派公子平原君到楚國去求援。平原君接受任務後打算帶領二十名門客前往。可是在挑選門客時，挑了十九名後，差一個就定不下來。

　　這時，門客毛遂自告奮勇提出要去。平原君半信半疑，當他知道毛遂已經在他這裡待了三年時，就對毛遂說：「毛先生三年未曾被人稱頌，是不是先生才能一般啊？」毛遂直言道：「我就像口袋中的錐子，未曾露鋒芒，若使我從口袋中出來，我早就建立功業了。」平原君覺得毛遂口才不錯，說得也很有道理，於是答應毛遂，率二十人前往楚國。

　　到了楚國後，平原君立即與楚王談及「援趙」之事，談了半天也毫無結果。這時，毛遂主動上前對楚王說：「我們今天來請你派援兵，可你一言不發，你別忘了，楚國雖然兵多地大，卻連連吃敗仗，連國都也丟掉了。如果趙國敗了，下一個就是楚國了，依我看，楚國比趙國更需要聯合起來抗秦呀！」毛遂的一席話說得楚王口服心服，立即重視起這個問題，答應出兵援趙。

　　平原君回到趙國後感慨地說：「毛先生到楚國，

只幾句話，楚國就像重視九鼎大呂一樣重視趙國了。」

◑ 走近名人

毛遂，戰國時期薛國（今山東省棗莊市）人，年輕時遊歷到趙國，做了趙公子平原君趙勝的門客，但是，在平原君處三年也沒有什麼建樹。後來，他自薦出使楚國，促成楚、趙合縱，聲威大振，並獲得了「三寸之舌，強於百萬之師」的美譽。

◑ 錦囊一開：一言九鼎

釋　　　義｜一句話抵得上九鼎重。比喻所說話語分量重，能起很大作用。

出　　　處｜《史記‧平原君列傳》：「毛先生一至楚，而使趙重于九鼎大呂。」

近 義 詞｜一字千鈞、金口玉言

反 義 詞｜人微言輕、微不足道

成語造句｜父親的話一言九鼎，我們誰也不敢反駁。

詞語接龍｜一言九鼎 ➡ 鼎力相助 ➡ 助邊輸財 ➡ 財不露白

◑ 智慧小站

九鼎大呂：是指國之重器。九鼎：傳說夏禹鑄九鼎，象徵九州，是夏、商、周三代的傳國之寶；大呂：周朝宗廟裡的一個大鐘，與鼎同為古代國家的寶器。今天用九鼎大呂比喻一個人說的話力量大、分量重，別人特別重視。

三 勵志成大業篇

人 物 譜

勾 踐・春秋末期越國的君主，胸有大志，刻苦自勵，因臥薪嘗膽，滅吳稱霸
而名垂千古。

范仲淹・北宋著名的政治家、思想家、軍事家和文學家，少有大志，心憂天
下，畫粥割齏，勤苦學習，終成大業。

曹 操・東漢末年著名的軍事家、政治家和詩人，三國時代魏國的奠基人和主
要締造者，為統一國家，一生征戰不止。他素有抱負，用人唯才，精
於兵法，是「治世之能臣，亂世之英雄」。

勾踐「臥薪嚐膽」為復國

春秋末期，老越王死後其兒子勾踐繼位。臨國吳國乘越國喪亂之際發兵進攻，越國軍民非常痛恨吳國乘人之危的行徑，軍民同心，奮勇抵抗，打敗了吳軍，吳王闔閭也被打傷並死在歸途中。

闔閭的兒子夫差繼位，一心想報殺父之仇。經過三年的準備，率領大軍殺向越國。越國猝不及防，幾乎全軍覆沒，越王勾踐只好向吳國屈辱求和。

按照吳王夫差的要求，勾踐帶著家人和大臣范蠡來吳國服苦役。吳王夫差讓勾踐白天給老吳王闔閭看墳，晚上回來給自己餵馬，服侍自己。勾踐對吳王夫差恭敬有加，甚至為其嘗食糞便以確定其病情，受盡越國人的嘲笑和羞辱。為了將來的復國，勾踐強忍著吳王夫差對他的精神和肉體折磨。時間一長，勾踐的這些行為感動了吳王夫差。三年苦役期滿，勾踐終於被放回國。

回國後，勾踐時刻不忘自己在吳國受辱的情景，立志雪恥復仇。勾踐在自己吃飯的地方掛了一隻苦膽，每頓飯都要嘗嘗苦味；睡覺時，躺在一堆亂柴草上，以刺激他很快醒來工作。他和家人一起身著粗布，吃很粗糙的飯食，跟百姓一起耕田播種，發展生產。這些行動，激勵了全國上下齊心努力，奮發圖

強。

　　勾踐又和大臣們一起想了許多辦法削弱吳國：每年給吳王送厚禮，麻痺吳王；收購吳國糧食，使之糧庫空虛；贈送木料，耗費吳國人力物力興建宮殿；賄賂吳國的大臣，讓他們鼓動吳王出去征戰別的國家，消耗國力；散佈謠言，離間吳國軍臣，使吳王殺了重要的大臣伍子胥；給吳王送美女，用美人計，消磨其精力，不問正事，加速吳亡。一切準備好之後，越王起兵攻打吳國。此時，吳國不堪一擊，迅速失敗，吳王夫差自殺身亡。

◑ 走近名人

　　勾踐（約西元前 520-西元前 465），古稱「句踐」，春秋末期越國的君主。因「臥薪嘗膽」而名垂千古。勾踐滅掉吳國後，與齊、晉等諸侯會盟，向周元王致貢。周元王命使臣賜勾踐胙（祭肉），封勾踐為侯伯，晉伯位。自此，越王橫行江淮一帶，諸侯盡來朝賀，勾踐的霸業完成。於是遷都琅琊（今山東省膠南市琅琊鎮），稱霸中原。為春秋霸主中的最後一位霸主。

◑ 錦囊一開：臥薪嘗膽

釋　　義｜在柴草上睡覺，吃飯時嘗一嘗苦膽。形容人刻苦自勵，發憤圖強。

出　　處｜司馬遷《史記‧越王勾踐世家》：「越王勾踐反國，乃苦身焦思，置膽於坐，坐臥即仰膽，飲食亦嘗膽也。」

近　義　詞｜發憤圖強、宵衣旰食

反　義　詞｜自暴自棄、自輕自賤

成語造句｜公司破產後，他並沒有灰心，而是一直臥薪嚐膽，準備東
　　　　　山再起。

詞語接龍｜臥薪嚐膽 ➡ 膽戰心寒 ➡ 寒蟬僵鳥 ➡ 鳥鈔求飽

◐ 智慧小站

「勾踐」與「句踐」：古代時並無「勾」字，用「句」字通「勾」字。清朝乾隆年間，刊印一個版本的《史記》，錯誤引用了明代一個不正規監本的「勾踐」，從此，後世多用「勾踐」代替「句踐」。現代漢字「句」與「勾」分了家，但有些古代人名和古代地名在書寫時仍不能由我們任意改變，人名「句中正」（《說文》校訂者之一），地名「句無」「句章」等的「句」字均讀，但不能寫作「勾」。今天，「勾踐」已經幾乎成為正式的叫法了，一些很專業的書籍也稱為勾踐，將錯就錯了。

宗愨「乘風破浪」做大事

南北朝時期，宋國有位將軍叫宗愨，從小就很勇敢，也很有抱負。宗愨的叔父是當地一個很有名的學者，許多人都拜他為師學習儒學，可是小宗愨卻不願意跟著叔父學習。

叔父見他任性且愛好武藝，就問他：「宗愨，你的志向是什麼？」

宗愨回答道：「願乘長風，破萬里浪。」意思是：「希望駕著大風刮散綿延萬里的巨浪，勇往直前，幹一番事業。」

叔父見宗愨有這番志向，鼓勵他說：「那你就為你的志向努力吧，就算你不能大富大貴，也必然會光宗耀祖。」

有一年，宗愨的哥哥結婚，強盜們聽說後，當晚就來打劫。家人都嚇得躲了起來。當時宗愨才十四歲，卻挺身而出與強盜打鬥，把十幾個強盜打得四下潰逃。經過勤學苦練，努力奮鬥，宗愨終於成為一位能征善戰的將軍。

◐ 走近名人

宗愨，生卒年不詳，南北朝時期宋國人。他從小就有遠大的志向，刻苦練習武藝。武藝高強的宗愨，

在家鄉制伏了好幾起強盜搶劫的事，家鄉人都稱他是無畏少年。成年以後，有人推薦他當了振武將軍。宗慤到了部隊，果然英勇善戰。宗慤為人正直，曾任刺史、光祿大夫等職，官封洮陽侯。

◑ 錦囊一開：乘風破浪

釋　　義｜船隻乘著風勢破浪前進。比喻排除困難，奮勇前進。

出　　處｜《宋書·宗慤傳》：「慤年少時，炳問其志，慤曰：『願乘長風破萬里浪。』」

近 義 詞｜披荊斬棘、高歌猛進

反 義 詞｜裹足不前、畏縮不前

成語造句｜汽車製造廠乘風破浪，克服困難，取得了年產萬輛車的好成績。

詞語接龍｜乘風破浪 ➡ 浪酒閑茶 ➡ 茶飯無心 ➡ 心貫白日

◑ 智慧小站

宗慤巧破敵象陣：林邑王屢次侵擾宋國的邊境，皇帝派宗慤帶大軍前去征討。兩軍對壘之時，林邑王以大象披甲打頭陣，頗難對付，宗慤一時不能取勝。宗慤決定以其人之道還治其人之身。交戰那天，林邑王驅趕大象直沖宗慤的隊伍。可是，突然間，象群殺了回馬槍，朝林邑王的軍隊沖去，撞得他們人仰馬翻。原來，宗慤找人設計製作了一批模擬獅子上陣，那些大象見許多張著血盆大口、拖著長長的舌頭、樣子極其兇猛的獅子，立刻嚇破了膽，紛紛逃命。不等宗慤用兵，林邑王的軍隊已被沖得落花流水，潰散了大半。很快，宗慤就取得了勝利。

祖逖

「聞雞起舞」立大志

西晉時期，祖逖是個從小就具有遠大抱負的人。他發奮讀書，博覽古今，學問長進很快。接觸過他的人都說，祖逖是個能輔佐帝王治理國家的人才。

二十多歲的時候，有人推薦他去做官，他覺得自己書讀得還不夠，就沒有答應，堅持繼續讀書。

後來，祖逖和幼時的好友劉琨一起擔任司州主簿。他們常常同床而臥，同被而眠，同論天下大事。

目睹國家四分五裂的現狀，他們立志天下，成為對國家有用的棟樑之才，致力於北伐，恢復中原，建功立業。

一天夜裡，祖逖在睡夢中聽到外面公雞的鳴叫聲，便躺在那裡再也睡不著了。他叫醒劉琨，對他說：「雞已經叫了，我睡不著，咱們不能再這樣躺在這裡浪費時間了。以後聽見雞叫，咱們就起床練劍如何？」劉琨欣然同意。於是他們二人每天雞叫後就起床練劍，練完劍再學習，春去冬來，寒來暑往，從不間斷。

功夫不負有心人。經過長期的刻苦學習和訓練，祖逖和劉琨終於成為能文能武的全才。

他們投身到軍中，祖逖被封為鎮西將軍，帶領軍

隊北伐收復失地，實現了他報效國家的願望；劉琨做了大軍都督，為國家鎮守一方，充分發揮了他的文才武略。

◑ 走近名人

　　祖逖（266-321），字士稚，范陽 縣（今河北省淶水）人，東晉初期著名的北伐將領。祖逖性格曠達，仗義疏財，樂善好施，因少有大志，博得宗族鄉里的敬重。從軍後，曾一度收復黃河以南大片土地，但後來因為朝廷內亂，在他死後，北伐功敗垂成。「聞雞起舞」、「中流擊楫」、「枕戈待旦」等成語都與他有關。

◑ 錦囊一開：聞雞起舞

釋　　義｜聽到雞的鳴叫就起來練劍。比喻有志報國的人努力奮起。

出　　處｜《晉書‧祖逖傳》：「中夜聞荒雞鳴，蹴琨覺，曰：『此非惡聲也。』因起舞。」

近 義 詞｜發憤圖強、自強不息

反 義 詞｜苟且偷安、自暴自棄

成語造句｜學習是非常辛苦的，沒有聞雞起舞的精神是學不好的。

詞語接龍｜聞雞起舞 ➡ 舞文弄墨 ➡ 墨守成規 ➡ 規矩繩墨

◑ 智慧小站

　　為什麼有西晉和東晉？晉朝是中國歷史上九個大一統朝代之一，分為西晉（265-316）與東晉（317-420）兩個時期。三國後期，司馬昭之子司馬炎廢掉魏國皇帝自立為皇帝，國號「晉」，定都洛陽，史稱西晉。西晉

建立只幾十年的時間，北方的一些少數民族就紛紛自立為王，進攻西晉，佔領了晉朝的許多國土。為了躲避北方這些王國的侵擾，晉皇室只得南渡長江，西晉滅亡。琅邪王司馬睿在建業（今南京）重建晉朝，史稱東晉。兩晉總歷時一百五十六年。

范仲淹「畫粥割齏」憂天下

范仲淹不到三歲時，父親病故，他隨著母親改嫁到了朱家。十幾歲時，范仲淹知道了自己的身世，便辭別母親，隻身來到應天府書院學習。范仲淹不想用朱家的錢，所以生活條件非常艱苦。他每天早上做一些粥，等粥涼了後畫成四塊，早晚各兩塊，就著一些鹹菜碎末吃。

一天，范仲淹正在吃飯，他的同窗好友來看他，發現他只吃粥和鹹菜，於心不忍，便拿出一些錢來，讓范仲淹改善一下伙食，買點好吃的。可范仲淹委婉地推辭了。同窗見他不要錢，就又給他送來一些好吃的，范仲淹這次接受了。但過了幾天，同窗來看他時，吃驚地發現，上次送來的好吃的都變質發黴了，范仲淹連一筷子都沒動。就有些不高興地問范仲淹是怎麼回事，並批評范仲淹也太清高了，這樣做會傷害朋友！

范仲淹笑了笑，解釋道：「我不是不吃，而是不敢吃。我擔心自己吃了這些好吃的，以後就咽不下去粥和鹹菜了，你不要誤解我。」同窗聽了范仲淹的話，更加佩服他的高尚人品。

一次，幾個同窗好友一起談到自己的志向，范仲淹說：「將來我不當個好醫生，就當個好宰相。好醫

生為人治病，解除病人的痛苦，好宰相治理國家，解除民眾的疾苦。」他這種不為個人升官發財而讀書的偉大抱負，讓同窗好友們非常敬佩。

　　後來，范仲淹當了參知政事（宰相），提出了許多利民富國的措施，實現了自己當年的志向。

走近名人

　　范仲淹（989-1052），字希文，蘇州吳縣（今屬江蘇）人，世稱「范文正公」。北宋著名的政治家、軍事家和文學家。范仲淹少有大志，刻苦學習；做官後，為政清廉，體恤民情，剛直不阿，力主改革，屢遭奸佞誣謗，數度被貶。北宋的王安石在〈祭范潁州文〉中稱范仲淹為「一世之師」。寫有著名的〈岳陽樓記〉，其中「先天下之憂而憂，後天下之樂而樂」為千古名句。也留下了眾多膾炙人口的詞作，如〈漁家傲〉、〈蘇幕遮〉等。

錦囊一開：畫粥割齏

釋　　義｜把粥畫成若干塊，鹹菜切成碎末。常用來比喻學習生活的艱苦。

出　　處｜宋·釋文瑩《湘山野錄》：「作粥一器，經宿遂凝，以刀畫為四塊，早晚取兩塊，斷齏數十莖啖之。」

近 義 詞｜斷齏畫粥、節衣縮食

反 義 詞｜揮霍無度、揮金如土

成語造句｜學習是一件十分辛苦的事情，只有拿出畫粥割齏的精神，

才能取得好成績。

詞語接龍 | 畫粥割齏 ➡ 齏身粉骨 ➡ 骨顫肉驚 ➡ 驚才絕絕

◖ 智慧小站

范仲淹不去看皇帝:范仲淹和同學們一起在教室裡讀書,聽說皇帝要從離學校不遠的路上經過,同學們爭先恐後地跑出去觀看,唯獨范仲淹閉門不出,仍然埋頭讀書。有個要好的同學特地跑回來勸他:「快去看,這是個千載難逢的機會,千萬不要錯過!」但范仲淹只隨口說了句「將來再見也不晚」,便頭也不抬地繼續讀他的書了。後來,范仲淹考中進士,受到皇帝的接見。

陳涉

「鴻鵠之志」永不忘

　　秦朝時期，有個叫陳涉的人，出生於一個貧窮的家庭。長到十幾歲的時候，為了能夠幫助父母養家糊口，他就和一些人給地主家當雇工。地主待他們很不好，飯不讓吃飽，活還不讓少幹。每天天不亮就讓下地幹活，天黑了還不讓收工回家。

　　有一天，陳涉實在幹不動了，便鼓動大家停止耕作到田埂上歇息。他越想心中越憤憤不平，就和同伴們談起目前的生活、將來的命運。大家你一言我一語地說開了。有人說：「誰讓我們生在貧窮之家了！」有人說：「我們一輩子就是這個命了。」陳涉對同伴們說：「沒有命中註定，如果將來誰富貴了，我們相互不要忘記了！」同伴都笑著回答他：「你是一個做雇工給人耕地的，怎麼能發達富貴呢？」陳涉仰天長歎道：「唉！燕雀哪裡知道鴻鵠的志向呢？」意思是說：你們不知道我心中的志向啊！

　　正是這種遠大的志向，使得後來陳涉領導了中國歷史上第一次全國性的農民大起義，因此名垂千古。

◑ 走近名人

　　陳涉（西元前 208-西元前 169），名勝，字涉，秦朝時陽城人。秦二世時，與吳廣率領戍卒九百人，在蘄縣大澤鄉揭竿而起，詐稱公子扶蘇、楚將項燕的

隊伍，天下雲集回應。陳涉石破天驚地呼喊「王侯將相甯有種乎？」而後自立為王，國號張楚。後來被部下所害。陳涉、吳廣起義後，天下紛紛起義，殘暴的秦王朝終於被推翻。

◑ 錦囊一開：鴻鵠之志

釋　　義｜天鵝有振翅遠方的志向。比喻一個人志向遠大。

出　　處｜《史記・陳涉世家》：「嗟乎！燕雀安知鴻鵠之志哉！」

近 義 詞｜雄心壯志、胸懷大志

反 義 詞｜碌碌無為、胸無大志

成語造句｜別看他人小，卻有鴻鵠之志。

詞語接龍｜鴻鵠之志 ➡ 志誠君子 ➡ 子孫後代 ➡ 代拆代行

◑ 智慧小站

鴻鵠：古代對天鵝的稱呼，又名鵠、鴻、鶴、黃鵠、黃鶴等。天鵝是大型鳥類，大天鵝又叫白天鵝、鵠，是一種大型游禽，體長約一點五米，體重可超過十千克。全身羽毛白色，嘴多為黑色，上嘴部至鼻孔部為黃色。它們的頭頸很長，約占體長的一半，在游泳時脖子經常伸直，兩翅貼伏，姿態優雅、美麗。天鵝主要分佈在格陵蘭、北歐、亞洲北部，越冬在中歐、中亞諸國及中國。夏天繁殖於北方湖泊的葦地，冬天結群南遷。

耿弇「有志者事竟成」

東漢開國名將耿弇，從小就喜歡學習兵書，演練武藝，立志將來為國效力。

十幾歲時，耿弇投奔了劉秀的義軍，由於英勇善戰，足智多謀，屢建戰功，很快就被升為大將軍。

劉秀稱帝后，耿弇被任命為建威大將軍，時年二十二歲，成為劉秀手下最年輕的一位大將軍。

東漢剛剛建立，各地還有一些割據勢力，這對社會穩定和國家統一都不利。耿弇向皇帝提出了消滅這些割據勢力的建議，並要求親自帶兵去完成這一計畫。皇帝聽了很高興，割據勢力必須消滅，可是這件事並不容易成功。

耿弇對皇帝說：「只要我們立定志向，堅持不懈，就一定可以成功！」皇帝看到耿弇氣勢可嘉，志氣沖天，便答應了他的請求。

皇帝和耿弇及謀士們研究了作戰方略，調撥人馬，就讓耿弇出征了。

耿弇率兵出擊，運用聲東擊西的戰術，連戰連勝，很快就消滅了大部分割據勢力，取得了預想的戰果。

接著，耿弇又率領大軍向最大割據勢力張步進攻。雙方擺開了陣勢，戰鬥異常激烈。一支箭射中耿弇的大腿，耿弇忍住劇痛，用佩劍砍斷箭桿，繼續指揮戰鬥，直到把張步打得大敗而逃，他才讓隨軍醫生為他拔出腿上的箭頭。

耿弇消滅了幾個割據勢力，勝利班師回朝。

皇帝稱讚耿弇：「將軍提出這個計畫的時候，我真擔心難以實現，但最終做到了。這真是『有志者事竟成』啊！」

◑ 走近名人

耿弇，字伯昭。扶風茂陵（今陝西興平東北）人。東漢開國名將。耿弇少而好學，尤愛兵事。投奔劉秀後，久經戰陣，戰功顯著，他在幫助劉秀爭奪天下時，共收取四十六郡、三百餘城。在東漢中興功臣──雲台二十八將中，耿弇排名第四。他勇猛善戰，用兵靈活，善於謀略，指揮果斷，是中國戰爭史上卓越的軍事天才。

◑ 錦囊一開：有志者事竟成

釋　　義｜只要有決心、有毅力，努力去做，事情終究會成功。

出　　處｜《後漢書·耿弇傳》：「將軍前在南陽，建此大策，常以為落落難合，有志者事竟成也。」

近 義 詞｜磨杵成針、水滴石穿

反 義 詞｜虎頭蛇尾、半途而廢

成語造句｜有志者事竟成，只要努力堅持，我們一定能做好這件事。

詞語接龍｜有志者事竟成 ➡ 成敗利鈍 ➡ 鈍兵挫銳 ➡ 銳挫望絕

◐ **智慧小站**

　　雲台二十八將：指的是漢光武帝劉秀麾下助其一統天下、重興漢室江山的鄧禹、吳漢、賈復、耿弇等二十八員大將。漢明帝永平年間，明帝追憶當年隨其父皇打下東漢江山的功臣宿將，命人繪製這二十八位功臣的畫像于洛陽南宮的雲台，故稱「雲台二十八將」。後世民間傳說，雲台二十八將對應上天二十八星宿，是天上的二十八星宿下凡轉世。

孔穿
好男兒「志在四方」

戰國末期，孔子的第七代孫孔穿，出遊趙國（今河北省南部一帶）。他在趙國公子平原君趙勝那裡住了一段時間，和趙勝門下的門客鄒文、季節兩人成了很好的朋友。

後來，孔穿要回魯國去，鄒文、季節兩人上路相送，一直送了三天，還是戀戀不捨。

臨分手的時候，鄒文、季節難過得流下眼淚，而孔穿只躬身向他倆輕輕一揖，就轉身而去了。

與孔穿同行的人不理解他的行為，對他說：「你這樣做有點不近人情了吧？」

孔穿說：「何以見得？」

那人說：「你的兩位朋友對你是那樣的情感，又哭又流淚的，而你卻轉身走了，這不是不近人情的表現嗎？」

孔穿解釋道：「起初，我以為他們都是大丈夫，想不到這兩個人卻如此婆婆媽媽，做男人應該有行走四方之志，怎麼能兒女情長、長期聚在一起呢？」

同行人讚歎孔穿的志向：「你說得好啊！」

◎ 走近名人

　　孔穿，字子高，戰國時魯國人，孔箕之子，孔子第七代孫。以與春秋戰國時代著名思想家公孫龍辯論而成名。孔穿博學，清虛沉靜，有遁世之志，楚、魏、趙三國都聘請去做官，但他都沒有去。他曾與趙國公孫龍會于趙國公子平原君處。公孫龍善為「堅白異同」（即堅白論，戰國時代兩派論辯的論題之一。以公孫龍為首的一派認為，人的視覺只能看到石頭的白色而看不到它的堅硬，觸覺只能摸到石頭的堅硬而摸不到它的白色。因此，石頭的堅硬和白色是分離的）之辯，孔穿據理力爭，折服了公孫龍。

◎ 錦囊一開：志在四方

釋　　　義	志向在四方。比喻有遠大的抱負和理想。
出　　　處	孔鮒《孔叢子・儒服》：「人生則有四方之志。」
近 義 詞	雄心壯志、雄心勃勃
反 義 詞	胸無大志、鼠目寸光
成語造句	好男兒志在四方，一定要出去闖蕩一番，增長了見識、積累了經驗，才能成就一番事業。
詞語接龍	志在四方 ➡ 方領圓冠 ➡ 冠蓋相望 ➡ 望風而靡

◎ 智慧小站

　　門客是做什麼的？門客也叫賓客，是一些貴族子弟家養的謀士和保鏢，必要的時候也可能發展成主人的私人武裝。門客按其作用不同分為若干級，最低一級只能是有飯吃，有地方住；最高級別的則食有魚，出有

車。門客作為貴族地位和財富的象徵最早出現於春秋時期，那時的養客之風盛行。每一個諸侯國的公族子弟都有著大批的門客，如趙國的平原君家裡就養有許多門客。

曹操「老驥伏櫪」志千里

　　東漢末年，曹操在官渡之戰中，以少勝多，大敗袁紹。此後軍威大振，勢力大增，曹操也更加雄心勃勃，一心要實現統一國家之志。於是統領大軍遠征北方的烏桓。

　　大軍到了柳城（今遼寧省朝陽縣附近），由於指揮有方，很快就打敗了烏桓騎兵，殺死了單于蹋頓。

　　此時，逃亡到柳城的袁紹之子袁尚、袁熙又從柳城逃命至另外一個諸侯公孫康處。不久，公孫康擔心他們搶了自己的地盤，將袁尚、袁熙處死，並表示歸順曹操。

　　這樣，曹操北征烏桓、統一北方的大業基本完成。

　　曹操下令班師回朝，大軍經過十幾天的艱難跋涉，終於走出滿目荒涼的邊塞地區，來到了河北昌黎大海邊。

　　這裡東臨碣石，西鄰滄海。此時，躊躇滿志的曹操屹立山巔，眺望大海，心潮起伏，久久不能平靜。他想到北方的袁紹、蹋頓雖然已討平，南方的孫權、劉備卻仍然雄踞一方，國家的統一大業尚未完全實現。這時自己已是五十多歲的人了，但歷史的重任肩

負在身，統一國家的使命仍在召喚著他。

於是，曹操激情四起，吟詩一首，表達了自己「老驥伏櫪，志在千里。烈士暮年，壯心不已」的遠大志向。

◑ 走近名人

曹操，字孟德，小字阿瞞，沛國譙（今安徽省亳州）人。東漢末年著名軍事家、政治家和詩人，三國時代魏國的奠基人和主要締造者，後為魏王。其子曹丕稱帝後，追尊他為魏武帝。年輕時期的曹操機智警敏，有隨機權衡應變的能力，但任性好俠、放蕩不羈，不修品行，不研究學業，所以家人都不看好他。但許多和曹操往來的名士們都覺得他將來能成大事。

◑ 錦囊一開：老驥伏櫪

釋　　義	老馬臥伏在馬槽旁邊，但仍然想著過去的征戰生涯。比喻有志向的人雖然年老，仍壯志凌雲。
出　　處	三國‧魏‧曹操〈步出夏門行〉詩：「老驥伏櫪，志在千里。」
近 義 詞	老當益壯
反 義 詞	老氣橫秋、老態龍鍾
成語造句	八十多歲的王爺爺老驥伏櫪，還在為教育後代奔忙著。
詞語接龍	二缶鐘惑 ➡ 惑世誣民 ➡ 民疲師老 ➡ 老驥伏櫪

◗◗ **智慧小站**

　　烏桓族今天還有嗎？烏桓族是中國古代民族之一，亦作烏丸。烏桓族原與鮮卑族同為東胡部落之一。西元前三世紀末，匈奴人破東胡單薄，烏桓族遷至烏桓山（又曰烏丸山），遂以山名為族號。漢武帝擊敗匈奴，遷烏桓人於止谷、漁陽、右北平、遼東、遼西五郡邊塞地區居住。曹操北征烏桓後，烏桓人大部分歸附曹操，有萬餘人遷入中原，漸漸與漢族融合，留居塞外的大多並於鮮卑族。

四

勤奮敬業篇

人物譜

白居易‧少年時讀書刻苦，青年時成名。是唐代偉大的現實主義詩人，中國文
　　　　學史上負有盛名且影響深遠的詩人和文學家。

宋　濂‧明代散文家，文學家，「開國文臣之首」，自幼家境貧寒，但聰敏好
　　　　學，他一生刻苦學習，「自少至老，未嘗一日去書卷，於學無所不通」。

李　廣‧漢代名將，曾多參加抗擊匈奴入侵邊關的行動，英勇善戰，足智多
　　　　謀，為人清廉，匈奴畏服，稱之為「飛將軍」。

周公求賢「一飯三吐哺」

　　周公（周公旦）是西周初傑出的政治家。他在協助哥哥武王伐紂建立周朝的過程中，起到了非常重要的作用。

　　周朝建立後，周公旦又擔起輔助哥哥處理朝政的重任，他忠於職守，為鞏固周王朝的統治嘔心瀝血。

　　周武王病逝後，他的兒子周成王登上了王位。當時成王只有十三歲，還沒有能力治理國家，就由周公來幫助他攝政當國。

　　周公原來被封在魯地，因為自己要幫助成王治理國家，就沒有去封地，而是讓自己的兒子伯禽去封地當魯公。

　　周公在伯禽臨走的時候，千叮嚀萬囑咐：「兒子啊，我是文王的兒子，武王的弟弟，成王的叔父，身份應該很尊貴！可是，我幫助成王治理國家以來，沒有一天不在用心處理各種國家事務。聽說有賢人來訪的消息，我正在洗頭髮，會握著頭髮去待客；正在吃飯的時候，我會把口裡的食物吐出來，急忙去會見他們，甚至吃一次飯會這樣做幾次。你到了魯國，千萬不要因為自己是王公而驕傲，甚至慢待那些能人賢士啊！」

◉ 走近名人

　　周公，生卒年不詳，姓姬，名旦，氏號為周，爵位為公。西周政治家。因采邑在周，稱為周公，因諡號為文，又稱為周文公。周文王之子，排行第四，史稱周公旦。周武王之弟，亦稱叔旦。武王死後，其兄弟管叔、蔡叔和霍叔等人勾結商紂子武庚和徐、奄等東方夷族反叛。周公旦奉命出師平叛。國家安定後，他又制定周朝的禮樂制度。傳說他擅長解夢，有周公解夢一說。

◉ 錦囊一開：一飯三吐哺

釋　　義	吃一頓飯三次停食，去接待賓客。比喻求賢之心殷切。
出　　處	《史記・魯周公世家》：「然我一沐三握髮，一飯三吐哺，起以待士，猶恐失天下之賢人。」
近 義 詞	握髮吐哺、求賢若渴
反 義 詞	嫉賢妒能
成語造句	老廠長求賢若渴，一飯三吐哺，終於得到了這些技術骨幹。
詞語接龍	此伏彼起 ➡ 起兵動眾 ➡ 眾多非一 ➡ 一飯三吐哺

◉ 智慧小站

　　周朝是中國歷史上武王伐紂後，建立的又一個奴隸制王朝。周朝分為西周和東周。西周建都鎬京（今陝西省西安市附近），到西元前七七一年結束。第二年，周平王遷都洛邑（今河南省洛陽市），開始了東周的歷

史。周朝共傳三十代三十七王，延續約八百年。周朝各諸侯國的統治範圍
包括今黃河、長江流域和東北、華北大部。

左思
顯文采「洛陽紙貴」

西晉太康年間，有個叫左思的孩子出生在一個官宦人家。

左思小時候，身材矮小，貌不驚人，說話還結巴。當官的父親常常對外人說後悔生了這個兒子。

左思成年後，不甘心受到父親和朋友們的鄙視，於是開始發憤學習。當他讀過東漢班固寫的〈兩都賦〉和張衡寫的〈兩京賦〉後，立志寫一篇比他們的文章更好的〈三都賦〉，把三國時魏都鄴城、蜀都成都、吳都南京寫入賦中。

為了寫〈三都賦〉，左思開始收集大量的歷史、地理、物產、風俗人情的資料。收集好之後，他閉門謝客，開始苦寫。

他晝夜冥思苦想，常常是好長時間才推敲出一個滿意的句子。為了能把偶然想到的好句子記錄下來，他在所到之處都放置了紙筆，偶得佳句，便當即記錄下來。

就這樣，經過十年苦心寫作，一篇凝結著左思無數心血的〈三都賦〉終於告成了！

可是，當左思把自己的文章交給當時著名的文學家陸機看時，因為左思沒有名氣，陸機竟沒有細看，

就挖苦他：「這東西只配給我蓋酒罈子！」

左思相信自己，不甘心自己的作品會是這樣的結果。於是，他又把文章拿給著名文學家張華看。張華了解了他的創作經過，讀完文章後，大為讚賞。

接著，著名學者皇甫謐看後也是感慨萬千，並且欣然提筆為這篇文章寫了序言。

從此，〈三都賦〉很快風靡了京都洛陽。

文人學士們嘖嘖稱讚，競相傳抄，一下子使洛陽的紙昂貴了幾倍。後來，竟銷售一空，不少人只好到外地買紙，抄寫這篇千古名賦。

◑ 走近名人

左思（約 250-305），字太沖，齊國臨淄（今山東省淄博）人。左思自幼其貌不揚，曾學書法、鼓琴，都沒有學成。後來在父親的激勵下，乃發憤勤學。寫成流傳千古的〈三都賦〉，成為西晉著名文學家。

◑ 錦囊一開：洛陽紙貴

釋　　義｜洛陽的紙都因此而貴了起來。比喻作品風行一時，廣為流傳。

出　　處｜《晉書・文苑・左思傳》：「於是豪貴之家競相傳寫，洛陽為之紙貴。」

近 義 詞｜有口皆碑、交口稱譽

反 義 詞｜無人問津

成語造句｜年輕作家的這本書被人們瘋狂搶購，一時間洛陽紙貴。

詞語接龍｜洛陽紙貴 ➡ 貴不淩賤 ➡ 賤斂貴出 ➡ 出處殊途

智慧小站

左思學潘安的故事：潘安是西晉著名的文學家。相貌出眾，神采儀態優雅，遠近聞名。有一天，他挾著牛皮彈弓，氣質清雅地走在洛陽道上，姑娘們見到他，都手挽著手，圍在他的身邊看，不讓他走。年少的左思正好看到了這一幕，也想學一學潘安。於是，相貌奇醜的左思，也學著潘安的樣子，挾著牛皮彈弓，故作瀟灑地走在洛陽道上。結果，一群姑娘們圍著他，朝他啐口水、唾唾沫，說他影響市容。左思只好垂頭喪氣、狼狽地逃跑了。

文同「胸有成竹」好畫竹

北宋畫家文同畫竹子天下聞名。他畫的竹子如同真正的竹子長在畫裡一樣，甚至比真正的竹子更傳神。

文同為什麼能把竹子畫得這麼好呢？他畫竹的妙訣在哪裡？

原來，為了更好地了解竹子的形態和生長情況，文同就在自家的房前屋後種上各種各樣的竹子。春夏秋冬，陰晴陽缺，風霜雨雪，日出日落，他經常去竹林裡觀察竹子的生長變化情況，細細地琢磨竹枝的長短粗細，葉子的大小、形態、顏色，有時候為了琢磨一片竹葉、一根竹枝，他會在竹林裡靜靜地待上一小天。把看到的竹子的形態牢牢地記在心裡，回到書房後，再把心裡記的竹子畫在紙上。

日積月累，竹子在不同時辰、不同天氣、不同季節、不同方位的形態都深深地印在他的腦海中，只要提筆畫竹，各種形態的竹子就會立刻浮現在眼前。

所以，每次畫竹，他都非常從容自信，達到隨心所欲的地步，畫出的竹子，無不逼真傳神。

時人都誇獎他畫的竹子。但是，他總是謙虛地告訴人家：「我只是把心中琢磨成熟的竹子畫下來罷

了。」

　　有個叫晁補之的詩人，對文同的畫很有研究。他曾經寫過一首關於文同畫竹子的詩，其中有兩句：「與可（文同的字）畫竹，胸中有成竹。」

◑ 走近名人

　　文同（1018-1079），字與可，號笑笑居士、石室先生等。北宋梓州梓潼郡永泰縣（今屬四川綿陽市鹽亭縣）人。著名畫家、詩人。進士出身，曾在朝廷任職多年。他與蘇軾是表兄弟，擅詩文書畫，不僅是著名的畫家，詩也寫得很出色。他的〈織婦怨〉、〈早晴至報恩山寺〉、〈晚至村家〉等詩都很受當時文人學士們的推崇。

◑ 錦囊一開：胸有成竹

釋　　義	畫竹子時，心裡要有竹子的形象。比喻做事之前已做好充分準備，對事情的成功非常有把握。也用來比喻遇事沉著不慌亂。
出　　處	蘇軾〈文與可畫 簹穀偃竹記〉：「故畫竹，必先得成竹於胸中。」
近 義 詞	胸中有數、胸有定見
反 義 詞	心中無數、不知所措
成語造句	王老師胸有成竹，決定帶領大家翻過這座小山。
詞語接龍	胸有成竹 ➡ 竹柏異心 ➡ 心安理得 ➡ 得不償失

◑ 智慧小站

　　進士出身是怎麼回事呢？在我國古代科舉制度中，通過最後一級中央政府即朝廷考試者，稱為進士。是古代科舉殿試及第者之稱，意為可以進授爵位之人。隋煬帝時，開始設置進士科目。唐亦設此科，凡應試者謂之舉進士，中試者皆稱進士。元、明、清時，貢士經殿試後，及第者皆賜出身，稱進士。且分為三甲：一甲三人，賜進士及第；二甲、三甲，分賜進士出身和同進士出身。

漢宣帝「勵精圖治」興國家

西漢時期，漢昭帝劉弗陵駕崩。他沒有兒子，手握朝政大權的大司馬大將軍霍光決定立武帝的曾孫劉詢為帝，即漢宣帝。因為當時霍光掌握著朝廷的大權，漢宣帝很難施展自己的才華，只得對霍光言聽計從，百依百順。朝臣們也看不出漢宣帝有什麼作為。

漢宣帝即位後的第六年，霍光病死。漢宣帝根據歷史教訓和霍氏家族的專權胡為，決定採取措施，削弱霍氏權力。此時，宮中發生了霍皇后陰謀害死非她親生的太子事件，漢宣帝對霍氏開始有了防備。正在霍氏緊鑼密鼓地準備廢掉漢宣帝時，漢宣帝先發制人，採取行動，將霍氏滿門抄斬。

從此以後，漢宣帝開始獨立處理朝政。漢宣帝是個很有才能的皇帝，他帶領朝臣們振作精神，決心使國家走向繁榮富強。

漢宣帝整頓邊疆，多次出兵擊敗西羌，後任命老將軍趙充國帶領軍隊實行屯田，邊種地邊守衛邊疆，這使得邊防得以加強，羌人只得歸順漢朝。而後，又在新疆設立西域都護府，監護和管理西域各附屬國，使天山南北廣大地區正式歸屬於西漢中央政權。漢宣帝又派大軍反擊匈奴，奠定漢強匈弱的大格局，使得匈奴俯首稱臣。

　　漢宣帝處理政務非常勤勉，每天都工作到很晚。他注意聽取群臣的意見，**勵精圖治**，任用賢能，嚴格考查和要求各級官員；厲行節約，採取了一系列有利於發展農業生產的措施，減輕了百姓的負擔，終於使國家興旺發達起來。他在位二十五年，使已經衰落的西漢王朝出現了中興的局面。漢宣帝在位期間，全國政治清明、社會和諧、經濟繁榮、「吏稱其職，民安其業」。

◑ 走近名人

　　劉詢（西元前 91-西元前 49），即漢宣帝，本名劉病已，字次卿，即位後改名詢。西漢第十位皇帝，前七四至前四九年在位。他是漢武帝劉徹的曾孫，幼年時流落民間，於西元前七四年被朝臣迎立為皇帝。在漢朝的歷史中，漢宣帝是個很有作為的皇帝。

◑ 錦囊一開：勵精圖治

釋　　義｜振奮精神，想盡辦法治理好國家。

出　　處｜《漢書‧魏相傳》：「宣帝始親萬機，勵精為治。」

近 義 詞｜雄才大略、奮發圖強

反 義 詞｜喪權辱國、禍國殃民

成語造句｜新廠長帶領員工克服困難，勵精圖治，兩年時間就使工廠大變樣。

詞語接龍｜勵精圖治 ➡ 治阿之宰 ➡ 宰雞教猴 ➡ 猴年馬月

◯◗ **智慧小站**

　　什麼是屯田？利用戌卒或農民、商人駐紮地一個地方開墾種植荒地，以取得軍餉和稅糧。漢武帝劉徹元狩四年（前119）擊敗匈奴後，在西部邊疆以邊防軍人為主進行大規模屯田，這就是邊防屯田。漢以後歷代封建王朝沿用此措施，有軍屯、民屯、商屯之分，但以軍屯為主。

宋濂

「勤以立身」終成名

明朝時期的文學家宋濂，年幼時就特別愛學習。因為家中貧窮，無錢買書來看，常向有書的人家借書讀，並邊抄邊讀。

天氣酷寒時，家中沒有取暖的，研墨用的硯池中的水都凍成了堅冰，手指也凍得不能彎曲伸展，但是仍然不停下來抄寫。抄寫完後，便跑著送還人家，一點也不敢超過約定的期限。所以，許多有書的人都肯將書借給他，他也因此看了很多書。

成年後，為了找到更好的老師，宋濂經常跑到百里之外，手拿著經書向當地有學問的前輩求教。有幾次尋找老師時，背著書箱，拖著鞋子，行走在深山大谷之中，嚴冬寒風凜冽，大雪深達幾尺，腳上的皮膚受凍裂開都不知道。到了駐地，四肢凍僵了不能動彈，便用熱水澆洗，然後用被子圍蓋在身上，過了很久才暖和過來。

住在旅店裡，每天只吃兩頓最便宜的飯菜，沒有錢買新鮮肥嫩的美味，但他卻不以此為苦。

看到同學們都穿著漂亮的衣服，戴著穿有珠穗、飾有珍寶的帽子，腰間掛著白玉環，左邊佩戴著刀，右邊備有香囊，光彩照人的樣子，宋濂一點都不羨慕，仍然穿著破舊的衣袍處於他們中間。

正是因為這樣不和人攀比吃穿，不講享受，勤奮讀書，節儉生活，才使得他的學業進步很快。

後來，宋濂因為有才學，被請到朝廷做學士，主修《元史》，成為天下聞名的文學家。

◐ 走近名人

宋濂（1310-1381），字景濂，號潛溪，別號玄真子等，浦江（今浙江省義烏市）人。元末明初文學家，曾被明太祖朱元璋譽為「開國文臣之首」。宋濂自幼家境貧寒，但聰敏好學。他一生刻苦學習，「自少至老，未嘗一日去書卷，於學無所不通」。 宋濂的〈送東陽馬生序〉、〈朱元璋奉天討元北伐檄文〉都流傳千古。

◐ 錦囊一開：勤以立身

釋　　義	勤奮節儉才能更好地生存下去。
出　　處	春秋·魯·左丘明《左傳·宣公十二年》：「民生在勤，勤則不匱。」
近 義 詞	勤學苦練、孜孜不倦
反 義 詞	不學無術
成語造句	勤以立身，那些只知道吃喝玩樂的紈絝子弟，是不會有所作為的。
詞語接龍	勤以立身 ➡ 身不遇時 ➡ 時不我與 ➡ 與世沉浮

◖◗ 智慧小站

宋濂秩事：晚上下班回家，宋濂和幾個朋友一起飲酒，皇帝秘密派人去偵探察看。第二天，皇帝問宋濂昨天下班後都做什麼了。宋濂如實回答：自己飲酒了，座中的來客都是誰，飯菜都是什麼。皇帝笑著說：「確實如此，你沒有欺騙我。」

一次，皇帝問宋濂：「我身邊的大臣哪個好哪個壞？」宋濂只舉 那些好的大臣說他們如何好。

皇帝問他為什麼只說好的，宋濂回答道：「好的大臣和我交朋友，所以我了解他們；那些不好的，我不和他們交往，所以不了解他們。」皇帝點頭稱是。

李賀「嘔心瀝血」寫華章

　　唐朝著名的詩人李賀，小時候很喜歡學習，七歲就開始寫詩做文章，可謂才華橫溢。

　　成年後，他一心希望能在朝廷做點事，博取功名，建功立業，留名青史。但是，他在官場上很不得志，只好把這苦悶的心情傾注在詩歌的創作上。

　　李賀每次外出，都讓書童背一個小袋子，只要一有靈感，想出幾句好詩，他就馬上記下來，放在袋子裡，回家後再整理、提煉。

　　為了能寫好一句詩，用好一個詞，李賀甚至不吃飯不睡覺。他的母親心疼地說：「我的兒子已把全部的精力和心血都放在寫詩上了，真是要把心嘔出來才甘休啊！」

　　李賀在二十六歲那年因意外身亡。在他短暫的人生中，留下了兩百四十餘首詩歌，這是他用一生的心血凝成的。

　　唐代大文學家韓愈曾寫詩讚揚他，其中有這樣兩句：「刳肝以為紙，瀝血以書辭。」即是說，挖出心肝來當紙，滴出血來寫文章。

◐ 走近名人

李賀（790-816），字長吉，唐代著名詩人，福昌（今河南省洛陽市宜陽縣）人。世稱李長吉，與李白、李商隱三人並稱唐代「三李」。李賀一生愁苦多病，僅做過三年從九品小官職。李賀是中唐浪漫主義詩人的代表，又是中唐到晚唐詩風轉變期的重要人物。〈李憑箜篌引〉、〈雁門太守行〉、〈金銅仙人辭漢歌〉等都是他的著名作品。

◐ 錦囊一開：嘔心瀝血

釋　　義	比喻極度的勞心苦思，用盡心思做一件事。多用來形容為事業、工作、文藝創作等用心的艱苦。
出　　處	唐・李商隱〈李長吉小傳〉：「是兒要當嘔出心乃已爾。」
近 義 詞	殫精竭慮、費盡心血
反 義 詞	無所用心
成語造句	李老師嘔心瀝血二十年才寫成了這本書。
詞語接龍	嘔心瀝血 ➡ 血風肉雨 ➡ 雨斷雲銷 ➡ 銷魂蕩魄

◐ 智慧小站

什麼是博取功名？功名，是指功業和名聲，舊指科舉稱號或官職名位。中國自隋代開始實行科舉制度，因為科舉考中者可到朝廷做官，做官可以建功立業，可以名傳天下，所以稱科舉及第（考取）為功名。事實上，直到宋代以後，才真正完全以考試成績選拔人才，給普通平民進入社會權力機構提供了機會。

呂端遇到「大事不糊塗」

宋朝時期，呂端被宋太宗提為宰相。許多大臣們都說呂端做事糊塗，不是當宰相的料。

呂端剛剛擔任參知政事的時候，有一天，他從百官面前經過，當中一個人很不屑地說：「這個人竟也當了參知政事？」

呂端的隨行人員要去問那個人的姓名。呂端制止他們道：「不要問，你要問了我就會知道，對這種公然侮辱我的人，我便會終生不忘。即使我做事公道，不有意去報復他，但以後如果有什麼事涉及他，我想做到公正對待也一定很難。」為此，手下人也都說他糊塗。

當了宰相後，呂端什麼事都和副宰相寇準商量。開始兩人輪流值班處理政務，後來他乾脆把正位讓給寇準，自己做副手，朝中的一些人也都說他糊塗。

呂端小事糊塗，大事可絕不糊塗。

宋太宗病危，呂端擔心朝中有變，這是影響國家前程的大事。敏感時期，呂端每天都陪著太子到太宗的床前探望，甚至晝夜陪在床前。

當時，得寵的宦官王繼恩擔心太子繼位後對自己不利，就串通皇后，暗中勾結一些官員，圖謀擁立另

一個王子當皇帝。

太宗剛死，皇后就派王繼恩去找呂端，逼著呂端同意他們的做法。呂端果斷地把王繼恩扣押在自己家中，然後自己入宮找皇后，對她想另立皇帝的做法堅持反對。皇后沒了辦法。呂端趁此機會，率領大臣共同保護太子繼位。

太子登基後，坐在大殿上垂簾接受群臣的朝拜。呂端站在下面不肯下跪，要求卷起簾子來，然後登上臺階察看確實是太子本人才走下臺階，率領群臣磕頭跪拜。接著，又把那幾個犯上作亂的分子發配到外地，確保了政權的穩固交接和國家的穩定。

後人評價說：「呂端大事不糊塗！」

◑ 走近名人

呂端（935-1000），字易直，北宋幽州安次（今河北廊坊安次區）人。出生在官宦家庭。呂端自幼好學上進，成年後儀錶俊秀，處事寬厚忠恕，善交朋友，講義氣，輕錢財，好佈施，從一名州縣地方官吏，逐步升至樞密直學士，朝中宰相。由於遇大事堅持原則不糊塗，成為歷史上的名相。

◑ 錦囊一開：大事不糊塗

釋　　義｜關係到是非原則的問題，立場堅定、態度鮮明。

出　　處｜《宋史・呂端傳》：「太宗欲相端。或曰：『端為人糊塗。』
　　　　　太宗曰：『端小事糊塗，大事不糊塗。』決意相之。」

近 義 詞｜難得糊塗、糊塗難得

反 義 詞｜糊裡糊塗、糊塗一世

成語造句｜老支書大事不糊塗，原則問題把握得很好。

詞語接龍｜大事不糊塗 ➡ 塗東抹西 ➡ 西方淨國 ➡ 國泰民安

◑ 智慧小站

　　參知政事是什麼官職？參知政事簡稱「參政」，是唐宋時期最高政務長官之一，與同平章事、樞密使、樞密副使合稱「宰執」。唐制以中書令、侍中、尚書僕射之外他官任宰相職，給以「參知政事」等名義。以參知政事為副宰相。隨著宰相名稱和宰相工作輔助機構的反覆改變，參知政事的官稱也有數次變化。

李廣 「精誠所至」金石開

西漢名將飛將軍李廣喜歡射箭，而且箭法純熟，百發百中。漢武帝時，李廣任驍騎將軍，領萬餘騎兵出雁門（今山西省右玉南）攻擊侵犯的匈奴，因眾寡懸殊負傷被俘。匈奴兵用一塊布將其置臥於兩馬間拖著走，李廣裝死，在途中突然趁隙躍起，搶了匈奴人的馬匹和弓箭，奔馬返回，邊跑邊射殺追兵。因為箭無虛發，匈奴人不敢再追趕。

李廣驚人的騎射技術給匈奴人留下深刻的印象。李廣射殺敵人時，要求自己箭無虛發，所以非在數十步之內不射，常常是箭一離弦，敵人應聲而亡。所以，匈奴人稱其為「漢之飛將軍」。只要一聽是李廣的部隊，便飛馬而逃，不敢對陣。

李廣喜歡打獵，藝高人膽大，一聽說哪兒出現老虎，他就常常要親自去射殺。有一次射虎，因為太近，老虎撲傷了李廣，李廣帶傷最終還是射死了那隻老虎。一天傍晚，他與一些部將上山打獵，看到林子中隱著一隻老虎，便拔箭射去，正中虎身。見老虎不動了，他們上前一看，原來是一塊虎形石，再看那支箭，驚奇地發現箭已經深深地射進石頭裡了。西漢學者楊雄評論李廣說：「至誠則金石為開。」

◖ 走近名人

李廣（？-西元前 119），隴西成紀（今甘肅省靜寧西南）人，西漢時期的名將。漢文帝時，匈奴大舉入侵邊關，李廣從軍抗擊匈奴，因功被任命為中郎將。後來，在邊境任太守。李廣做太守時，匈奴人很怕他，因為有他在，匈奴數年不敢來犯。在後來的一次大戰中，李廣任前將軍，因迷失道路，未能參戰，憤愧自殺。、

◖ 錦囊一開：精誠所至

釋　　義｜人的真誠的意志所到。一般用來形容做事情用心很真誠。

出　　處｜漢·王充《論衡·感虛篇》：「精誠所加，金石為開。」

近 義 詞｜堅韌不拔、鍥而不捨

反 義 詞｜知難而退、望而卻步

成語造句｜李文把自己所做的事情都說了，精誠所至，大家理解了他。

詞語接龍｜精誠所至 ➡ 至高至上 ➡ 上交不諂 ➡ 諂上傲下

◖ 智慧小站

李廣難封：唐朝詩人王勃〈秋日登洪府滕王閣餞別序〉：「嗟乎！時運不齊，命途多舛；馮唐易老，李廣難封。」為什麼說「李廣難封」？

一次，李廣與朋友說：「自從打擊匈奴以來，我就參加戰鬥，許多部下都不如自己，但他們卻因軍功而被封侯，可是我一直沒有得到封侯。」

朋友說：「你想想難道做過什麼可悔恨的事情嗎？」

李廣想了想說：「我為隴西太守時，羌族人造反，我引誘他們投降，來降的八百多人都被我殺了。至今非常悔恨的只有這事。」

朋友說：「罪過沒有比殺已降的人更大了。這就是你不得封的原因啊。」

五

忠誠守信篇

人 物 譜

張 良・漢高祖劉邦的謀臣,「漢初三傑」之一,以出色的智謀,協助漢高祖劉
邦在楚漢之爭中最終奪得天下,大功告成之後,張良及時功成身退。

史可法・明朝末年抗清英雄,清軍圍城,史可法拒絕投降,固守城池,後被攻
破,壯烈犧牲。

商 鞅・戰國時期政治家、思想家,先秦法家代表人物。年輕時專門研究和學
習以法治國的學問,後來說服秦孝公,在秦國變法圖強,為後來秦國
統一六國奠定了基礎。

藺相如
「完璧歸趙」揚天下

戰國時期，趙王得到了一塊寶玉「和氏璧」。秦王知道這件事後，就派人去見趙王，說願意用秦國的十五座城來換「和氏璧」。明眼人一看，就知道秦王是想佔便宜。可不答應吧，怕秦國興兵來進攻；答應吧，又怕上當，給了「和氏璧」，秦王又不給城池。趙王拿不定主意，大臣們也沒有好辦法。

有一個大臣的門客叫藺相如，他知道這件事後，說自己有辦法，還主動提出帶著「和氏璧」去見秦王，保證如果秦王不肯用十五座城來交換，自己一定會把『和氏璧』完整地帶回來。趙王此時也沒有別的辦法，雖然藺相如只是個門客，但也只好讓他去試試。

藺相如到了秦國，秦王把「和氏璧」拿到手後左看右看，非常喜愛，可就是不提十五座城的事。藺相如看出秦王沒有誠意，就以寶玉上有一個小毛病要指給秦王看為由，把「和氏璧」拿回自己手裡。而後他譴責秦王沒有用城換寶玉的誠心，並且告訴秦王如果讓武士來搶的話，自己的腦袋就和這個寶玉一起碰碎在身邊的柱子上！秦王擔心藺相如真的把寶玉摔碎，那就太可惜了。於是，連忙向藺相如賠不是，並假惺惺地拿來地圖，比畫著從哪裡到哪裡一共十五座城畫給趙國。藺相如見秦王根本不是真心的，就以要求秦

王必須在三天后舉行一個正式的接受寶玉的儀式，自己才能獻寶為理由，把寶玉帶出了秦國王宮。

離開秦國王宮後，藺相如馬上派了一個得力的手下把寶玉藏在身上，偷偷地從小道跑回趙國交給趙王。後來秦王發覺自己上當了，想發兵攻打趙國，又擔心趙國在軍事上必然做了準備，怕打不贏，最後也只好放藺相如回去了。

◑ 走近名人

藺相如（前 329-前 259），戰國時期趙國上卿，今山西省柳林孟門人，著名的政治家、外交家。根據《史記·廉頗藺相如列傳》所載，他生平最重要的事蹟有完璧歸趙、澠池之會與負荊請罪這三個事件。這三件事表現了藺相如一心為國、有勇有謀、不畏強權、顧全大局的精神。

◑ 錦囊一開：完璧歸趙

釋　　義｜將和氏璧完好地送回趙國。後比喻把原物完好地歸還本人。

出　　處｜《史記·廉頗藺相如列傳》：「城入趙而璧留秦；城不入，臣請完璧歸趙。」

近 義 詞｜物歸原主、原物奉還

反 義 詞｜久假不歸

成語造句｜請你放心，三天的時間，這兩件東西定會完璧歸趙。

詞語接龍｜大快人心 ➡ 心長綆短 ➡ 短褐不完 ➡ 完璧歸趙

◖◗ 智慧小站

　　和氏璧：是中國古代一塊著名的玉璧，相傳為楚國人卞和所發現。和氏在山中發現一塊外裹岩石的美玉，將這塊玉獻給楚厲王，可王室的玉匠們聲稱和氏拿來的只是一塊石頭，欺騙了君王。於是楚厲王下令將和氏左腳砍去。厲王死後楚武王即位，和氏再次將該玉獻給他，結果楚武王命人砍去了和氏右腳。最後和氏帶著玉石回到楚山，在那裡他慟哭了三日三夜，為自己的寶玉被認定為頑石、忠臣卻被認為是騙子而傷心。楚文王即位後，聽說了這件事，派工匠除去裹在玉石上的岩石，才看到了這塊寶玉，於是將該玉命名為「和氏璧」。

晉文公「退避三舍」講信用

　　春秋時期，晉獻公聽信讒言，殺了太子申生，又派人捉拿另一個兒子重耳。重耳聞訊，逃出了晉國，在外流亡十幾年。重耳謙而好學，善於結交賢能智士，一些有才能的人都跟隨他，所以到各國後，各國的君主都熱情對待他。

　　重耳來到楚國，楚王認為重耳日後必會大有作為，所以待他如上賓，款待有加。一天，楚王又設宴招待重耳，兩人推杯換盞，飲酒敘話。楚王問重耳：「假如有一天你回晉國當上國君，該怎麼報答我呢？」重耳想了想說：「我來到你們楚國，看到你這裡什麼珍奇寶物都不缺，我們晉國還真沒有什麼好的物品獻給大王呢！」楚王說：「那你怎麼也得對我有所表示吧？」重耳想了想，笑著回答道：「要是我果真能回國當政的話，我一定盡力和貴國保持友好關係。但假如有一天，我們兩國之間發生戰爭，我一定命令我的軍隊先退避三舍（一舍等於三十里），如果還不能得到您的原諒，我再與您交戰。」重耳的不卑不亢，使楚王更加敬重他。

　　四年後，重耳真的找到機會回晉國當了國君，他就是後來成為春秋霸主的晉文公。果然，幾年後，楚國和晉國的軍隊發生了一場戰爭。兩國軍隊相遇後，重耳信守當初對楚王的承諾，下令軍隊後退九十里，

再和楚軍作戰。楚軍見晉軍後退，以為晉軍害怕了，馬上追擊。晉軍利用楚軍驕傲輕敵的弱點，集中兵力，大破楚軍，取得了勝利。

◐▊ 走近名人

晉文公（西元前 697，一說西元前 660-西元前 628），姬姓，名重耳，簡稱「晉重耳」（先秦男子用氏，故不作姬重耳），史稱晉文公。晉獻公之子，晉惠公之兄。政治家、外交家。做晉國國君期間，採取了非常有效的對內對外政策，使得晉國迅速強大起來。他是春秋時代第一強國的締造者，開創了晉國長達一個多世紀的中原霸權。

◐▊ 錦囊一開：退避三舍

釋　　義｜主動退讓三舍（九十里）來躲避。比喻遇到矛盾時主動退讓和回避，避免衝突。

出　　處｜《左傳・僖公二十三年》：「晉楚治兵，遇于中原，其辟君三舍。」

近 義 詞｜遠而避之

反 義 詞｜針鋒相對、互不相讓

成語造句｜咱們退避三舍，不和他們一般見識。

詞語接龍｜退避三舍 ➡ 舍安就危 ➡ 危而不持 ➡ 持螯把酒

◐▊ 智慧小站

先秦以前的「姓」與「氏」：中華民族的「姓」「氏」起源很早，華夏先民在傳說中大約「三皇五帝」時期以前就有了姓，距今有五千年了。

那時是母系社會，姓什麼，是跟母親的。進入父系氏族社會後，開始有「氏」，「氏」是「姓」的分支。「姓」是從祖宗那裡繼承下來的，「氏」是子孫分支得到的。姓是不變的，而氏則不斷變化。先秦時期，女子稱姓，而男子稱氏。比如，我們知道的孔丘，他的祖先姓「子」，後來，他們這個分支家族以「孔」為氏，父親給他起名「丘」，字仲尼，所以叫他孔丘（今天我們叫他「孔子」，這個字與他的姓無關，這個「子」是對他的尊稱）。到了秦末漢初，先前本有區別的姓與氏開始合流，合稱為姓氏。從此，姓氏由所有的後裔共同繼承。

張良 「孺子可教」得兵法

一天，張良閒步到一座橋頭，遇到一個穿著粗布衣服的老翁。老翁走到張良的身邊時，故意把鞋子扔到橋下，然後很傲慢地讓張良下去把鞋子給他撿上來。張良愕然，心想，這個老頭怎麼這樣呢？但他還是忍著心中的不滿，替老人撿了上來。老人還不滿足，又讓張良給他穿上。張良也是個名揚天下的大丈夫，聞知老人的要求很生氣，但看他也是一位久歷人間滄桑和磨難的老人，所以強壓怒火，小心翼翼地幫他穿好。誰知，老人非但不謝，反而仰面長笑而去。張良立在橋頭，呆呆地看著老翁往遠處走去。那老翁走了一會又返回橋上，對還站在那裡發呆的張良讚歎道：「孺子可教矣。」並約張良五日後的凌晨再到橋頭相會。張良不知何意，但還是恭敬地答應了老人。

五天後，雞鳴時分，張良就急匆匆地來到橋上。誰知老人已等在橋頭，見張良來到，憤憤地斥責道：「與老人約，為何誤時？五日後再來！」說罷離去。結果第二次張良還是晚了老人一步。老人讓他再來。第三次，張良索性半夜就到橋上等候。這次那個老人在他之後來到，只見老人從懷中取出一本書，告訴他：「讀好這本書可以為君王當軍師。」說罷，揚長而去。據說，這位老人就是傳說中的高人黃石公。

張良驚喜異常，天亮時才知道那是《太公兵

法》。從此，張良日夜閱讀這本書，學成後，果然成為一個深明韜略、文武兼備、足智多謀的謀士，幫助劉邦打下了天下。

◐ 走近名人

張良（約西元前 250-西元前 186），姬姓，字子房，漢初城父（今河南省寶豐）人。漢高祖劉邦的重要謀臣。秦末漢初時期傑出的政治家、軍事家，「漢初三傑」（張良、韓信、蕭何）之一。張良深明韜略、足智多謀。劉邦稱他「運籌帷幄之中，決勝千裡外」。漢朝建立時被封留侯，後功成身退，千古流芳。

◐ 錦囊一開：孺子可教

釋　　義｜你這個年輕人可以培養。指年輕人有培養的價值。

出　　處｜《史記·留侯世家》：「父去裡所，複返，曰：『孺子可教矣。』」

近 義 詞｜前途無量、可塑之才

反 義 詞｜朽木難雕、朽木不雕

成語造句｜見冬冬這樣聰明，劉爺爺高興地拍拍他的頭說：「孺子可教，孺子可教！」

詞語接龍｜孺子可教 ➡ 教導有方 ➡ 方寸不亂 ➡ 亂箭攢心

◐ 智慧小站

《太公兵法》：即《六韜》，又稱《太公六韜》，舊稱是周朝初年太公望（即姜子牙）所著，今天的學者們普遍認為是後人依託，作者已不可

考。一般認為，此書成於戰國時代。全書以太公與文王、武王對話的方式編成。《六韜》是一部集先秦軍事思想之大成的著作，對後代的軍事思想有很大的影響，被譽為兵家權謀類的始祖。現今已翻譯成日、法、朝、越、英、俄等多種文字在世界各地流傳。

關羽

「封金掛印」不動心

三國時期，有一次，劉備的軍隊被曹操大軍擊潰，劉備逃走。為保護劉備的妻子，大將關羽也被迫投降了曹操。曹操讚賞關羽的為人，也知道他勇武異常，於是拜其為偏將軍，禮遇甚厚。

但不久，曹操覺察關羽心神不定，無久留在自己身邊之意，便讓與關羽關係很好的大將張遼去試探。關羽對張遼歎息道：「我知道曹公待我很好，但我深受劉將軍（劉備）的厚恩，我曾發誓跟隨他，無論如何不能背叛他。只是現在沒有劉將軍的消息，我不知道去哪裡找他。所以，我不能在這裡久留，但是我一定要報答了曹公的恩情再走。」張遼將關羽的這番話轉告曹操，曹操聽後，覺得關羽有仁有義，不但沒有怨恨他，反而更加器重他。

後來，曹操與袁紹大戰，袁紹的大將顏良無人可敵，曹操的幾員戰將都被他打下了馬。曹操派關羽出戰顏良。關羽躍馬陣前，遠遠望見顏良的麾蓋（大將所乘戎車，設幢麾、張蓋），直衝過去，在眾敵之中刺死顏良，斬其首級而歸。而後曹操揮令大軍衝殺，袁軍大敗。後來，關羽又斬殺了袁紹的另一名大將文醜，為曹操最終戰勝袁紹立了大功。

曹操備讚關羽的勇武，對他重加賞賜，封他為漢

壽亭侯（漢壽，地名；亭侯，侯爵名）。此戰之後，關羽得知劉備在袁紹那裡的消息，決意去找劉備。他想向曹操辭行，曹操不見。於是，他把曹操屢次給他的賞賜都封存妥當，把漢壽亭侯的印綬掛在堂上，給曹操寫了封告辭信，保護著劉備的家小，離開曹營尋找劉備。曹操的將領聞後，要去追趕，曹操勸阻了他們。後來談起此事，曹操對張遼說：「關雲長封金掛印，金錢財物不能動其心，高官厚祿不能移其志，我很敬佩他呀！」

◍ 走近名人

關羽（約 160-220），本字長生，後改字雲長，漢末河東解（今山西省運城市）人。東漢末年著名將領，自劉備於鄉里聚眾起兵開始追隨劉備，是劉備最為信任的將領之一。後世尊稱其為「關公」，兵家尊崇其為「武聖」。《三國演義》中，關羽被描寫為「五虎大將」之首。「千里走單騎」，「過五關斬六將」都是根據他的故事演義而來的。

◍ 錦囊一開：封金掛印

釋　　義｜將黃金封存，把官印掛起來。指不受賞賜，辭去官職。

出　　處｜《三國演義》：「雲長封金掛印，財賄不以動其心，爵祿不以移其志，吾深敬之。」

近 義 詞｜公正廉明、清廉正直

反 義 詞｜見錢眼開、見利忘義

成語造句｜封建社會，能夠做到像關公那樣封金掛印的人是少之又少。

詞語接龍｜封金掛印 ➡ 印累綬若 ➡ 若敖之鬼 ➡ 鬼吵鬼鬧

◐ 智慧小站

　　關羽「過五關斬六將」的「五關」和「六將」是哪些？《三國演義》裡說，關羽騎著曹操贈給的赤兔馬，保護著劉備的兩個夫人，千里走單騎，尋找劉備。一路上過了五個關口，遇到了守關將領的攔截，關羽為過關，不得已殺了這六員將領。這五關指東嶺關、洛陽關、汜水關、滎陽關和滑州關；斬殺的六個將領是：東嶺關孔秀、洛陽關太守韓福和牙將孟坦、汜水關卞喜、滎陽關王植、滑州關秦琪。

史可法「堅貞不屈」罵敵酋

　　明朝末年，清軍入關，豫親王多鐸率軍攻打揚州。明朝兵部尚書史可法主動要求到揚州督戰。

　　史可法到了揚州，看到圍城的清兵有十幾萬人，而揚州守兵僅萬餘人，幾次請求皇帝和其他地方的明軍來解圍，可各地的明軍都不願意前來作戰，史可法只好孤軍堅守。

　　敵眾我寡，明知清軍早晚破城，但史可法還是多次痛　前來勸降的明朝降將。史可法意志堅定地說：「我為朝廷大臣，怎麼能投降敵人？」清軍統率多鐸親自出馬，連發五封書信，史可法都不啟封便全部付之一炬。

　　於是多鐸加緊攻城，加之城內的一個明軍將領帶領部分明軍出降，形勢更為危急。

　　史可法清楚地知道，在這樣艱難的情況下要想取得勝利是不可能的，他只能抵抗到底，以死報國。他招集諸將說：「我誓死守城，與城池一起殉節，我擔心倉皇之中不能盡忠，但我不想落於敵人之手再死，誰能在關鍵的時候幫助我自殺而死？」副將史德威慨然答應可當此任。

　　清兵攻陷揚州，史可法自殺但身未死，部將們帶

著他突圍不成，被清兵俘虜，他堅貞不屈，慷慨就義。

◑ 走近名人

　　史可法（1601-1645），字憲之，又字道鄰，祥符（今河南省開封市）人。明末政治家、軍事家。明末南京小朝廷的兵部尚書、東閣大學士，因抗清被俘，不屈而死，是我國著名的民族英雄。同時，史可法也是一個出色的詩人，他的〈憶母時督兵白洋河〉、〈燕子磯口占時奉詔剿左兵〉都廣為流傳。

◑ 錦囊一開：堅貞不屈

釋　　　義｜意志堅定，決不屈服。

出　　　處｜《荀子‧法行》：「堅強而不屈，義也。」

近 義 詞｜威武不屈、堅強不屈

反 義 詞｜奴顏婢膝、投降變節

成語造句｜為了革命事業，無數共產黨員堅貞不屈、視死如歸。

詞語接龍｜堅貞不屈 ➡ 屈打成招 ➡ 招兵買馬 ➡ 馬塵不及

◑ 智慧小站

　　揚州十日是怎麼回事？明朝末年，清兵在多鐸的率領下水陸並進包圍揚州。守將史可法率軍民死戰，終因彈盡糧絕，被清兵攻破。清軍佔領揚州後，縱兵屠掠。揚州城屍橫遍野，無數無辜百姓慘遭劫難。當時的倖存者王秀楚所著《揚州十日記》中記載，清軍屠殺共持續十日，故名「揚州十日」。

季布「一諾千金」眾人求

楚漢戰爭的時候，有一個叫季布的俠士，他為人正直，熱心助人，做事非常講信義。只要是他答應過的事，無論遇到多大困難，他都要想方設法辦到，所以在當時名聲很好。為此，他也結交了四方好友。後來，季布到項羽軍中做了一名將軍，因很有智謀，幾次把劉邦打得大敗。項羽失敗，劉邦當了皇帝，季布便逃走了。劉邦每次想起敗在季布手下的事，就感覺很沒面子，十分生氣。於是，他下令緝拿季布。

一個朋友得知這個消息，秘密地將季布送到一戶姓朱的人家。朱家是關東豪傑，很欣賞季布的俠義行為，明知道這個人是季布，還是盡力將他保護起來，並積極想辦法解救季布。在朱家人的一番努力下，劉邦赦免了季布，還任命他做了官。

當時，楚地有個名叫曹丘生的人，能言善辯，專愛結交權貴，季布有點厭煩他。偏偏曹丘生聽說季布又做了大官，就一心想巴結他，還特地請一位名人寫了一封信，把自己介紹給季布認識。季布讀了介紹信，仍對曹丘生沒好感。可曹丘生對此毫不在意，先恭恭敬敬地向季布施禮，然後很謙卑地說：「我們楚地有句俗話，『得黃金百斤，不如得季布一諾』。您是怎樣得到這麼高聲譽的呢？我們都是楚地人，現在我到處宣揚您的好名聲，這難道不好嗎？您又何必不

願見我呢？」

　　季布覺得曹丘生說得有道理，就留他在府裡住下，兩個人越談越投機，這一住就是幾個月。此後，曹丘生每到一地，就宣揚季布如何禮賢下士，如何仗義疏財。這樣，季布的名聲也越來越大了。

◑ 走近名人
　　季布，西漢官吏。初為霸王項羽帳下五大戰將之一，數次圍困劉邦，後來為劉邦所用，拜為郎中。漢惠帝時任中郎將。漢文帝時任河東太守。季布為人仗義，好打抱不平，以信守諾言、講信用而著稱。所以楚國人中廣泛流傳著「得黃金百斤，不如得季布一諾」的諺語。

◑ 錦囊一開：一諾千金
釋　　　義	許下的一個諾言有千金的價值。比喻說話算數，很有信用。
出　　　處	《史記・季布欒布列傳》：「得黃金百斤，不如得季布一諾。」
近 義 詞	言而有信；君子一言，駟馬難追
反 義 詞	言而無信、出爾反爾
成語造句	我不能說自己一諾千金，但我說的話絕對算數。
詞語接龍	一諾千金 ➡ 金榜題名 ➡ 名不虛傳 ➡ 傳柄移藉

◑ **智慧小站**

季布和丁公：劉邦和項羽爭天下時，季布和丁公都是項羽手下的大將。季布領兵幾次將劉邦打敗；丁公領兵追擊過劉邦，但在關鍵時刻放過了他。劉邦做皇帝後，想到自己也需要忠臣來輔佐，就不再記仇于季布，還封他為郎中。丁公聽說後，覺得季布幾次給劉邦難堪，都能做官，自己曾對劉邦有恩，劉邦也會重用自己吧。可劉邦卻把他抓起來，對眾人說：「丁公做項羽的將領時對項羽不忠，就是他這種人使項王喪失了天下。這樣不忠的人不可用。」於是，下令處死了丁公，還在軍中示眾，警示大家要做忠臣，不要學丁公。

商鞅「立木南門」樹威信

春秋時期，秦國的國力還比較弱小，秦孝公當國王時，一心想使國家強大起來，於是下令在國內外尋求賢能的人。

一個叫商鞅的人來到秦國，他三次會見秦孝公，提出了帝道、王道、霸道三種君主之策，說服秦孝公變法圖強。

秦孝公很贊許他的霸王之道，覺得這是有利於秦國強大的辦法。於是，他任命商鞅為主持變法的官員，在秦國開始變法。

當時，各個諸侯國相互征戰，戰爭頻繁，各個國家都是今天一個令明天一個令，弄得人心惶惶，老百姓對國家的各種法令已經很麻木了。如何為自己樹立威信，擴大影響呢？

商鞅想了一個辦法，他下令在都城南門外立一根三丈長的木頭，並在旁邊貼出告示：誰能把這根木頭搬到北門，賞黃金十兩。

告示貼出後，圍觀的人都不相信，這件事太容易了，如此輕而易舉的事能給那麼高的賞賜，是不可能的事，結果沒人肯出手一試。

商鞅見此情景，將賞金提高到五十兩。

　　真是重賞之下必有勇夫，終於有一個粗壯的漢子站了出來，將那根木頭扛到了北門。商鞅立即賞了他五十兩黃金。

　　通過這件事，人們都知道商鞅說話是算數的。

　　接下來，商鞅開始頒佈各項法令，變法工作很快就在秦國推廣開來。商鞅的新法使秦國漸漸強盛，也為秦國最終統一中國奠定了重要的基礎。

◖◗ 走近名人

　　商鞅（約西元前 395-西元前 338），衛國（今河南省濮陽市）人。戰國時期政治家、思想家，著名法家代表人物。衛國國君的後裔，公孫氏，故稱為衛鞅，又稱公孫鞅，後封於商，後人稱之商鞅。商鞅少年時就喜歡學習治國的學問，後來組織秦國變法。支援商鞅變法的秦孝公死後，商鞅被貴族們誣害，而被秦孝公的兒子殺死。商鞅主持秦國大政十九年，秦國大治，史稱商鞅變法。

◖◗ 錦囊一開：立木南門

釋　　義 | 豎一根木頭于南門。現多用於形容取信於民。

出　　處 | 《史記·商君列傳》：「恐民之不信，己乃立三丈之木于國都市南門，募民有能徙置北門者予十金。」

近 義 詞 | 徙木為信、言而有信

反 義 詞 | 自食其言、背信棄義

成語造句 | 今天，我們立木南門，就是要讓老百姓知道我們是說話算數的。

詞語接龍 | 立木南門 ➡ 門不停賓 ➡ 賓餞日月 ➡ 月閉花羞

智慧小站

什麼是法家？法家是指春秋戰國時期的一個學派。主要代表人物有商鞅、韓非等。法家的思想是一個以君權為核心的政治思想學說，亦稱為「霸道」。法家主張，必須以律法來治理國家，用法治制度來約束臣下，並實行配套的國家政策管治方針，以達到強兵富國的目的。法家有許多進步的思想，對當時一些國家的影響比較大。

六

勤學苦練篇

人物譜

孫　權·三國時期吳國的開國皇帝。自幼文武雙全，早年隨父兄征戰天下，平定江東。善騎射，年輕時常常乘馬射虎，膽略超群。

匡　衡·漢元帝時位至丞相，世代務農。但卻十分好學，勤奮努力，由於家境貧寒，他不得不靠替人幫工以獲取讀書資用，「鑿壁偷光」成就一世英名。

歐陽修·北宋卓越的文學家、史學家，自號醉翁。幼年家貧，母親用蘆葦在沙地上寫字、畫畫，教他識字。自幼喜愛讀書，天資聰穎而又刻苦勤奮，一生著述繁富，成績斐然。

孫權「手不釋卷」談讀書

三國時期，呂蒙因為善於作戰而被提拔為大將軍。但呂蒙沒有多少文化，孫權覺得做高級將領的，沒有文化不行，於是就鼓勵他學習一些史書與兵法。

有一次，孫權又和呂蒙談到學習的事，呂蒙推託說：「主公，我也想讀點書呀，可是軍中事務太多，沒有時間學習啊！」

孫權聽後，對他說：「時間嘛，要自己去擠。你和我相比，我的事務多不多，我每天還在堅持學習。」

孫權接著說：「漢光武帝在行軍作戰的緊張關頭，手裡還總是拿著一本書不肯放下來，曹孟德（曹操）年老時還不斷學習呢！為什麼你就沒有時間呢？」

見呂蒙不再為自己辯解，孫權又繼續說：「我並不是要你去研究多麼深的學問，而只是要你翻閱一些書，從中得到一些啟發，有利於你帶兵打仗罷了。」

聽了孫權的話，呂蒙深受感動：「主公，可我不知道應該去讀哪些書？」

孫權告訴他：「你可以先讀些《孫子》、《六韜》等兵法書，再讀些《左傳》、《史記》等歷史書，這

些書對以後帶兵打仗很有好處。」

　　呂蒙聽了孫權的話，從此開始讀書學習，並堅持不懈。最後，做了吳國的主將，有勇有謀，屢建奇功。

◯ 走近名人

　　孫權（182-252），字仲謀。三國時期吳國的開國皇帝，西元二二九至二五二年在位。自幼文武雙全，早年隨父兄征戰天下，平定江東。是三國時代在位最久、最長壽的帝王。

◯ 錦囊一開：手不釋卷

釋　　義｜書本不離開手。形容勤奮好學。

出　　處｜《三國志・吳書・呂蒙傳》：「光武當兵馬之務，手不釋卷。」

近 義 詞｜學而不厭、愛不釋手

反 義 詞｜不學無術、碌碌無能

成語造句｜李爺爺七十多歲了，還手不釋卷，真是我們學習的好榜樣。

詞語接龍｜手不釋卷 ➡ 卷甲倍道 ➡ 道傍築室 ➡ 室邇人遐

◯ 智慧小站

　　士別三日，刮目相看：魯肅繼周瑜之後掌管吳國軍權，上任途中路過呂蒙軍中，呂蒙擺酒款待他。在酒宴上兩人縱論天下大事，呂蒙不乏真知

灼見，這使魯肅很震驚。他感歎道：「我一向認為你只有武略，今天才知道，你已不是過去的吳下阿蒙了。」呂蒙道：「士別三日，當刮目相看。」

孫敬、蘇秦「懸樑刺股」為讀書

東漢時期，有個叫孫敬的人。年輕時勤奮好學，為了能夠學有所成，他經常獨自一人在家裡從早到晚不停地讀書，再累也不休息。這樣讀書時間久了，容易疲倦打瞌睡，會影響學習。孫敬就想出了一個特別的辦法。

那時候，男子的頭髮都很長，他就找來一根繩子，一頭綁在房梁上，一頭綁在自己的頭髮上。每當讀書困倦打盹時，只要頭一低，繩子就會牽住頭髮，連著會把頭皮扯痛，這樣他馬上就清醒了，然後繼續讀書學習。

戰國時期，有個叫蘇秦的人。年輕時，由於學問淺，到許多地方想謀點事做，都沒人用他。破衣爛衫地回家時，妻子不理他；向嫂子要口吃的，嫂子也看不起他；哥哥對他也很冷淡，這對他的打擊很大。

於是，他下決心苦讀，立志要做一番大事業，因此常常讀書到深夜。

為防止疲倦時常打盹影響學習，他準備了一把錐子，困倦瞌睡時，就用錐子往自己的大腿上刺一下，這樣自己就清醒起來，再堅持讀書。

從此，「懸樑刺股」的佳話便被人們傳誦開來，

形容學習刻苦。

◑ 走近名人

孫敬，東漢時期的一名政治家，其餘情況不詳。

蘇秦（西元前 337-西元前 284），字季子，戰國時期的洛陽（今河南洛陽）人，是戰國時期著名的縱橫家。蘇秦出身農家，但年輕時就素有大志，曾隨老師鬼穀子學習縱橫捭闔之術多年。曾遊說六國合縱抗秦，身任六國宰相。

◑ 錦囊一開：懸樑刺股

釋　　義	把頭髮懸在屋樑上，用錐子刺自己的大腿，避免發困而影響學習。形容刻苦學習。
出　　處	劉向《戰國策‧秦策一》：「讀書欲睡，引錐自刺其股，血流至足。」班固《漢書》：「及至眠睡疲寢，以繩系頭，懸屋樑。」
近 義 詞	懸頭刺股、廢寢忘食
反 義 詞	不學無術、碌碌無為
成語造句	如果我們拿出懸樑刺股的精神去讀書，就一定能取得好成績。
詞語接龍	懸樑刺股 ➡ 股肱耳目 ➡ 目不給賞 ➡ 賞賢使能

◯◖ **智慧小站**

蘇秦走馬觀碑：蘇秦十幾歲的時候就很聰明。有一天，他和老師一起去洛陽城拜訪名士。兩人騎馬到洛陽城外，看到路邊有一塊很大的石牌。蘇秦邊看邊走。

老師說：「你要想看，咱們下馬看完再走吧。」

蘇秦卻說：「我已經看完了。」

老師不信，就下馬來到石牌前，讓蘇秦把石碑上的內容背一遍，蘇秦果然背得一字不差。

老師驚歎道：「季子啊季子（蘇秦的字）！你真是神人！」

從此，蘇秦走馬觀碑的故事被傳為美談。

車胤、孫康「囊螢映雪」苦讀書

晉代時期，有兩個喜歡讀書的少年，一個叫車胤，一個叫孫康。他們兩個人家裡都很貧窮，甚至沒有錢給買燈油。白天要幫助家裡幹活，晚上正好讀書可又沒有燈光。

夏天的一個晚上，車胤正在院子裡背書，忽然見許多螢火蟲在身邊飛舞，發出一閃一閃的光，在黑暗中顯得有些耀眼。

他想，如果把許多螢火蟲集中在一起，不就成一盞燈了嗎？於是，他去找了一隻白絹口袋，抓了幾十隻螢火蟲放在裡面，再紮住袋口，把它吊起來。雖然不怎麼明亮，但勉強可用來看書了。從此，只要有螢火蟲，他就去抓一把來當做燈用。

孫康呢，晚上不能看書，只好早早地躺在床上背誦白天讀的書。

有一天夜裡下雪，他從睡夢中醒來，發現外邊很亮，一看，才知道那是大雪映出來的。他想，外邊的光亮正可以用來看書啊！於是他倦意頓失，立即穿好衣服，拿著書來到屋外，不顧寒冷地讀了起來。身子冷了，手腳凍僵了，就起身跑一跑。

此後，每逢有雪的晚上，他都不放過這個好機

會，孜孜不倦地讀書。

由於二人的勤學，終於都成為飽學之士，成了國家的有用之才。

◐ 走近名人

車胤（約 333-約 401），字武子，東晉南平郡（今湖北公安縣）人。車胤少時聰穎誠實，勤學不倦，鄉里的賢人曾對他的父親稱讚道：「此子當大興卿門。」長大成人後，車胤以博學多才稱譽鄉里。後曾任吏部尚書等官職。《三字經》中「如囊螢」，說的就是他的故事。

孫康，生卒年不詳，晉代京兆（今河南省洛陽市）人。少年時刻苦學習，成年後到朝廷做官，官至御史大夫。

◐ 錦囊一開：囊螢映雪

釋　　義｜以口袋裝螢火蟲照明，利用雪的反光讀書。形容家境貧窮卻勤學苦讀。

出　　處｜《晉書・車胤傳》：「胤家貧不常得油，夏月則練囊盛數十螢火以照書。」《孫氏世錄》：「晉孫康家貧，常映雪讀書。」

近 義 詞｜積雪囊螢、集螢映雪

反 義 詞｜不學無術、碌碌無能

成語造句｜今天，我們雖不需要囊螢映雪去讀書了，但刻苦學習的精神要一直發揚。

詞語接龍｜囊螢映雪 ➡ 雪案螢窗 ➡ 窗明几淨 ➡ 淨盤將軍

◐◑ **智慧小站**

御史大夫是做什麼的？御史大夫，官名。從秦代時開始設置，負責監察百官，代表皇帝接受百官奏事，管理國家重要圖冊、典籍，代朝廷起草詔命文書等。

西漢初年，御史大夫與丞相、太尉合稱三公，是很高級的官職。

自西漢至晉，均以御史中丞為御史台（御史辦公的地方叫御史台）之主。

直到明朝洪武年間改御史台為都察院，御史大夫之官遂廢。

匡衡「鑿壁偷光」勤讀書

西漢時有一個大學問家名叫匡衡。他小時候就非常喜歡讀書，可家裡很窮，別說進學堂，連買燈油的錢都沒有。

匡衡白天幫人幹活，到了晚上才能有點時間看書可又沒有燈光，他常為此事發愁。

有一天晚上，匡衡無意中發現自家牆壁的裂縫處有一些亮光，他透過裂縫，看到是鄰居家的燈光照射進來的。他把書拿來，放在裂縫的透光處，隱約可以看書。

匡衡心中大喜，立刻想出了一個辦法。他找來工具，將牆壁裂縫處鑿大了一些，照射進來的燈光也隨之強了，他便就著這道亮光讀起書來。

之後每天晚上，匡衡都要靠著牆壁，借著鄰居的燈光讀書。

後來，家裡已沒有書可讀，他就到有書的人家去幫工幹活，他不要工錢，只要人家能把家中的書都借給他讀就行。

刻苦學習的匡衡終於學有所成，成為一名知識淵博的學者和政治家。

◖ 走近名人

匡衡，字稚圭，東海郡承縣（今山東省棗莊市）人。西漢經學家、政治家。以說《詩經》著稱。匡衡對《詩經》的理解十分獨特透徹，皇帝漢元帝曾多次聽匡衡講《詩經》，對匡衡的才學十分讚賞。匡衡曾做過光祿大夫、太子少傅、丞相等官職。

◖ 錦囊一開：鑿壁偷光

釋　　義｜鑿穿牆壁借鄰舍的燈光讀書。形容家貧卻刻苦讀書。

出　　處｜《西京雜記》：「勤學而無燭，鄰舍有燭而不逮。衡乃穿壁引其光，以書映光而讀之。」

近 義 詞｜囊蟲映雪、穿壁引光

反 義 詞｜不學無術、碌碌無能

成語造句｜今天我們雖不需要鑿壁偷光來讀書了，但這種讀書的精神值得我們永遠學習。

詞語接龍｜鑿壁偷光 ➡ 光彩溢目 ➡ 目成心許 ➡ 許結朱陳

◖ 智慧小站

漢朝為什麼分為西漢和東漢？漢朝是中國古代秦朝之後的大一統封建王朝。西元前二〇二年，劉邦稱皇帝，國號漢，定都洛陽，後又遷都長安，史稱西漢，劉邦即漢太祖高皇帝。後來，外戚王莽（皇后的父親）廢掉漢朝皇帝，自立為皇帝，改國號為新，至此西漢滅亡。但王莽沒做幾年皇帝，就被劉邦的後代劉秀滅亡了，劉秀重建漢朝，定都洛陽，史稱東

漢。後來，東漢被曹魏所滅。漢朝在歷史上共存四百〇七年，對中國歷史
的影響很大，今天漢族人的名稱之由來就與漢朝有關。

李白 「鐵杵成針」知用功

　　唐朝著名詩人李白小時候不認真讀書，經常是把書本一拋就出去玩耍，去街上閒逛。

　　一天，李白又翹課了，跑到城外去玩。他東遊西逛，在路邊碰到一個白髮蒼蒼的老婆婆，正拿著一根鐵杵（一頭粗一頭細的鐵棒）在石頭上磨。李白覺得好奇，就走過去問那老婆婆：「婆婆，您磨這麼粗的鐵杵做什麼啊？」老婆婆說：「孩子，我家裡沒有繡花針了，我要把這根鐵杵磨成一根繡花針。」李白聽了老婆婆的話，心裡有些疑惑，他想，這鐵杵這麼粗，什麼時候才能磨成細細的繡花針呢？老婆婆好像看透了李白的心思，自言自語也是對李白說：「滴水可以穿石，愚公可以移山，鐵杵為什麼不能磨成繡花針呢？只要我下的工夫比別人深，就一定能夠成功的。」

　　聽了老婆婆的話，李白深受感動，自己只有下工夫學習，才能學業有成啊！於是，他一溜煙地跑回學堂，開始用功讀書了。從此，李白再也沒有逃過學，每天學習都特別用功，終於成為一代「詩仙」。

◐ 走近名人

　　李白（701-762），字太白，號青蓮居士。唐朝浪漫主義詩人，有「詩仙」之稱。少年時代學習範圍很廣泛，除儒家經典、古代文史名著外，還流覽諸子百

家之書，並「好劍術」。二十歲時，從蜀地出發雲遊各地，曾在朝廷為官，但因不願意侍權貴而辭官。所以有「安能摧眉折腰事權貴」的詩句。留存在世的詩文有千餘篇，代表作有〈蜀道難〉、〈行路難〉、〈夢遊天姥吟留別〉、〈將進酒〉等。

錦囊一開：鐵杵成針

釋　　義｜ 比喻只要有毅力，肯下苦功，就一定能成功。

出　　處｜ 明・鄭之珍《目連救母・四・劉氏齋尼》：「好似鐵杵磨針，心堅杵有成針日。」

近 義 詞｜ 持之以恆、磨杵作針

反 義 詞｜ 半途而廢、有始無終

成語造句｜ 老婆婆能夠鐵杵成針，我們只要專心學習也會成為有學問的人。

詞語接龍｜ 鐵杵成針 ➡ 針鋒相對 ➡ 對簿公堂 ➡ 堂而皇之

智慧小站

李白名字的由來：據說，周歲時抓周，李白抓了一本詩經。他父親為此很高興，認為兒子長大後會成為一名詩人，就想為兒子取一個好名字。可想了一個又一個，都覺得不如意。直到兒子七歲，還沒想出一個好名字。那年春天，一家人在一起做詩，父親做了前兩句，母親想出一句，兒子接了一句：「李花怒放一樹白。」父親一聽，拍手叫好。正在反復念著這首詩時，忽然想到這一句詩的開頭一字是自家的姓，最後一個白字用得很妙，何不用「白」字給兒子做名呢！就這樣，李白的名字誕生了。

王羲之「入木三分」顯功夫

　　東晉書法家王羲之的字寫得這樣好，固然與他的天資有關係，但最重要的還是由於他後天的刻苦練習。

　　王羲之為了把字練好，無論休息還是走路，心裡總是想著如何才能把字寫好，揣摩著字體的結構，字的框架和氣勢，而且經常不停地用手指在衣襟上畫著，所以時間久了，連身上的衣服也畫破了。

　　王羲之一生都在不停地刻苦練字，因而腕力勁足，筆力遒健，寫出來的字，能夠力透紙背。

　　有一次，王羲之去看望一個朋友，碰巧這位友人不在家。於是，他進了朋友的書房，在朋友家的茶几上寫下幾個字就走了。

　　後來，朋友的家人想把他寫的字擦掉，可是怎麼用力擦也擦不淨，用水洗都洗不掉，原來，墨水已經深深地透進茶几的木紋裡。

　　還有一次，當時的皇帝要到一個地方去祭祀，讓王羲之把祭祀詞寫在一塊木板上，再派木匠雕刻。

　　木匠在雕刻時非常驚奇，這木板到三分深的地方，還滲透有墨汁呢！他連連讚揚王羲之：「這字寫得真是入木三分啊！」

◯ 走近名人

　　王羲之（303-361），字逸少，號澹齋，祖籍琅琊臨沂（今山東省臨沂市），東晉書法家，有「書聖」之稱。王羲之出身於名門望族。唐詩有「舊時王謝堂前燕，飛入尋常百姓家」句。「王謝」就是說他們家和謝家。王羲之十六歲時，被當時的太尉相中，成為太尉的女婿，「東床快婿」這個成語說的就是這件事。其作品真跡已經沒有了，傳世者均為臨摹本。行書〈蘭亭集序〉、草書〈初目貼〉、正書〈黃庭經〉、〈樂毅論〉最著名。

◯ 錦囊一開：入木三分

釋　　　義	字跡透入木板三分深。形容書法極有筆力。現多比喻分析問題很深刻。
出　　　處	唐・張懷瓘《書斷・王羲之》：「王羲之書祝版，工人削之，筆入木三分。」
近 義 詞	力透紙背、鐵畫銀鉤
反 義 詞	略見一斑、淺嘗輒止
成語造句	林涵的見解入木三分，而且很有道理。
詞語接龍	入木三分 ➡ 分所應為 ➡ 為德不卒 ➡ 卒極之事

◯ 智慧小站

　　什麼是名門望族？指高貴的、地位顯赫的家庭或有權勢的家族。不可寫為「名門旺族」。

　　中國古代出現了許多名門望族。比如，隴西李氏，秦代隴西郡最早的

郡守是李崇，李氏成為隴西郡的名門望族是由李崇祖孫三代人創基的：李崇之次子瑤為南郡守，封狄道侯；其孫李信為大將軍，封隴西侯。

漢朝時，隴西李氏出了兩位重要人物：飛將軍李廣及其從弟李蔡。

魏晉時期，隴西李氏在亂世中興起，西涼王李暠是李氏第一位皇帝。

到了隋朝，隴西李氏已經是權傾朝野的望族。隴西李氏李淵滅隋，建立唐朝，奉李姓為國姓。

王獻之「臨池學書」成大家

據傳，王獻之很小的時候就跟著父親王羲之練習寫字。小孩子沒長性，寫了一段時間後，小獻之就問母親：「我需要練習多長時間才能練好呢？」母親對他說：「早著呢！」王獻之想了想說：「我再寫上三年就應該能行了吧？」母親搖搖頭。「那五年總行了吧？」母親又搖搖頭。「那得練習多長時間呢？」母親指著院子裡那口大缸：「你看到那口大缸了吧，寫完那十八缸水，你的字就練好了。」王獻之雖然有些不信，但還是刻苦練習，這一堅持就是五年。

有一天，他把一大堆自己覺得寫得比較好拿的字拿給父親看，希望聽到父親幾句表揚的話。王羲之接過來，一張張地看著，但都不滿意。看到一個「大」字出現，父親說：「這個字寫得結構有些散。」於是，隨手在「大」字下填了一個點：「這樣是不是就好多了？」然後把字稿退還給王獻之。小獻之雖然看著父親改過的字是好了許多，但心中對父親還是有些不服，他又把自己的字拿給母親看。說自己練字五年了，請母親評價一下自己的字。母親認真地看了看，指著王羲之在「大」字下加的那個點的「太」字說：「我兒磨盡三缸水，唯有一點似羲之。」王獻之聽了，很是佩服父親。

母親鼓勵他說：「孩子，只要功夫深，就沒有過

不去的河、翻不過的山。你只要像前幾年一樣堅持不懈地練下去，就一定
會達到目的的！」受母親的鼓勵，王獻之又鍥而不捨地練字。多年後，他
在書法上突飛猛進、爐火純青，終於成為和父親齊名的書法大家。

◑ 走近名人

王獻之（344-386），字子敬，東晉琅琊臨沂人，書法家、詩人，王羲
之第七子。王獻之幼年隨父羲之學書法，兼學其他字體。書法眾體皆精，
尤以行書和草書著名，敢於創新，為魏晉以來的今楷、今草做出了卓越貢
獻。在書法史上被譽為「小聖」，與其父並稱為「二王」。

◑ 錦囊一開：臨池學書

釋　　義｜靠近硯池學習書法。指刻苦練習書法。

出　　處｜《後漢書·張芝傳》：「臨池學書，水為之黑。」

近 義 詞｜匡衡鑿壁、深自砥礪

反 義 詞｜不學無術、淺嘗輒止

成語造句｜對待學習，就要有臨池學書的精神。

詞語接龍｜臨池學書 ➡ 書富五車 ➡ 車怠馬煩 ➡ 煩天惱地

◑ 智慧小站

什麼是楷書、行書和草書？楷書：又稱正楷、楷體，是漢字書法中常
見的一種字體。其字形較為正方，是現代漢字手寫體的參考標準。行書在
楷書的基礎上產生，是介於楷書、草書之間的一種字體，是為了彌補楷書
的書寫速度太慢和草書的難以辨認而產生。它不像草書那樣潦草，也不像

楷書那樣端正。實質上它是楷書的草化或草書的楷化。楷法多於草法的叫
「行楷」，草法多於楷法的叫「行草」。草書：漢字的一種書體，特點是結
構簡省、筆畫連綿。

歐陽修「以荻畫地」練寫字

北宋文學家歐陽修四歲時父親就去世了，家裡一下子就貧寒起來。

母親沒有錢供他去學堂讀書，就用蘆葦稈在沙地上寫字，教他認字。小小的歐陽修也拿起蘆葦稈和母親在沙地上練習寫字。從此，歐陽修喜歡上了讀書學習。

家裡僅有幾本書讀完了，母親就幫他從別人家借書抄著讀。他天資聰穎，又刻苦勤奮，往往書不待抄完，已經能背誦下來了。他就這樣夜以繼日、廢寢忘食，把時間都用在了讀書上。

歐陽修的叔父看到他這樣喜歡讀書，在他的身上看到了家族振興的希望，曾對歐陽修的母親說：「嫂無以家貧子幼為念，此奇兒也！不唯起家以大吾門，他日必名重當世。」意思是說，這孩子長大了一定是個奇才！

不懈的努力學習，為歐陽修奠定了很好的文學知識的基礎。歐陽修小時候寫的詩文，水準就很高；長大後，更是才華橫溢。

後來，歐陽修走出家門，到外地學習。工夫不負有心人。他被朝廷選拔為官，並成為北宋文壇的領

袖、宋代散文的奠基人。

◐ 走近名人

　　歐陽修（1007-1073），字永叔，號醉翁，又號六一居士。吉安永豐（今屬江西）人。北宋卓越的文學家、史學家。進士出身，「唐宋八大家」之一。少年時的磨難，使得歐陽修刻苦研究學問。成年後，歐陽修名震天下，文流千古。作為宋代詩文革新運動的領袖人物，他的文論和創作成果，對當時以及後代都有很大影響，成為「千古文章四大家」之一。

◐ 錦囊一開：以荻畫地

釋　　　義｜用荻在地上畫字教育兒子讀書。用以稱讚母親教子有方，也用來比喻刻苦學習。

出　　　處｜《宋史・歐陽修傳》：「家貧，致以荻（注：荻，多年生草本植物。形狀像蘆葦，地下莖蔓延，葉子長形，紫色花穗，生長在水邊。莖可以編席箔。）畫地學書。」

近 義 詞｜畫荻教子、畫荻和丸

反 義 詞｜不學無術、碌碌無為

成語造句｜爺爺小時候以荻畫地練寫字，終於練得一手好字。

詞語接龍｜以荻畫地 ➡ 地北天南 ➡ 南船北車 ➡ 車塵馬足

◐ 智慧小站

　　千古文章四大家：是說從古至今，文章寫得最好的有四個人，他們是韓、柳、歐、蘇。「韓」「柳」是指唐代韓愈和柳宗元；「歐」「蘇」是指

北宋的歐陽修和蘇軾。

這句話出自一個叫張鵬翩的人撰寫的蘇姓宗祠有用聯：「一門父子三詞客；千古文章四大家。」

韓愈的著名作品有：〈師說〉、〈左遷至藍關示姪孫湘〉等。

柳宗元的著名作品有：〈永州八記〉、〈天說〉、〈天對〉、〈封建論〉等。

歐陽修的著名作品有〈醉翁亭記〉、〈秋聲賦〉等。

蘇軾的著名作品有：〈赤壁賦〉、〈飲湖上初晴後雨〉、〈念奴嬌·赤壁懷古〉等。

七

為國為民篇

岳飛「精忠報國」為國家

岳飛小時候就喜歡舞槍弄棒，學習兵法，二十歲時已經是個飽讀兵書、諳熟武藝、身強力壯的年輕人。

那時候，金軍入侵，宋朝的大片山河被金人佔領。百姓們生活在金人水深火熱的統治之下。岳飛盼望有一天能夠投身疆場，為國家報仇雪恥，救民眾於水火。當聽到官軍招募「抗金勇士」的消息時，他立刻報名參軍。

就在他走上戰場的前夕，深明大義的母親問他準備在疆場如何做？

岳飛告訴母親：「我一定要精忠報國！」

母親聽後很為兒子驕傲，特意在岳飛背上刺下「精忠報國」四個大字，囑咐他一生一世都要為國家和民族的利益而奮勇殺敵，絕不吝惜自己的生命。

岳飛參軍後，堅持戰鬥在抗金的最前線，為挽救民族的危亡而英勇殺敵。他率領的部隊不畏強敵，獨當一面，先後六次與金兵交鋒，均獲全勝，岳飛聲威大震。

然而，昏庸的皇帝卻重用主和派與投降派，不願意和金軍作戰。

　　為了拯救淪陷在金人佔領區的苦難同胞，奪回被金人佔領的土地，岳飛不顧自己位卑言輕，上書給皇帝，堅決反對繼續向南逃跑，力諫皇帝返回京城，親率大軍與金軍作戰，收復中原。

　　沒想到這道奏書進呈後，觸怒了皇帝和妥協投降派，他們便以「小官職的人越權，這不是他所應該談論的事情」的罪名，把岳飛的官職革掉了。

　　岳飛回到家鄉閒居了幾個月，但他難以壓抑自己心中報效國家，征戰沙場，驅趕強敵於國土之外的強烈意願，決心以身許國，恢復故疆，以報答父老鄉親，於是他又投奔另一支抗金隊伍。

　　在這支部隊裡，岳飛迅速成長為一名統軍將領，帶領他的「岳家軍」轉戰在抗金的戰場上。「岳家軍」越戰越勇，打得金軍聞風喪膽。金兵統帥驚呼：「撼山易，撼岳家軍難！」

　　「岳家軍」的旗幟成了抗金力量的象徵，「岳家軍」受到百姓們的歡迎。

◯ 走近名人

　　岳飛（1103-1142），字鵬舉，北宋相州湯陰縣（今河南省安陽市湯陰縣）人。我國歷史上著名戰略家、軍事家、民族英雄，宋、遼、金、西夏時期最為傑出的軍事統帥。岳飛作為中國歷史上的一員名將，其精忠報國的精神深受中國各族人民的敬佩。三十九歲時，岳飛被投降派秦檜以「莫須有」的罪名毒死於臨安風波亭。岳飛也是一位很著名的詩人，他的〈滿

江紅〉、〈小重山〉、〈五岳祠盟記〉流傳千古。

◉ 錦囊一開：精忠報國

釋　　義｜精心忠誠，報效祖國。

出　　處｜《北史・顏之儀傳》：「公等備受朝恩，當盡忠報國，奈何一旦欲以神器假人！」

近 義 詞｜盡忠報國、忠心耿耿

反 義 詞｜賣國求榮、叛國投敵

成語造句｜在國家危難之時能夠精忠報國，那才是真正的英雄。

詞語接龍｜精忠報國 ➡ 國步艱難 ➡ 難弟難兄 ➡ 兄弟鬩牆

◉ 智慧小站

「莫須有」是什麼罪名？秦檜害死岳飛以後，老將韓世忠質問秦檜是什麼罪名害了岳飛？秦檜回答是「莫須有」。那麼「莫須有」是什麼意思呢？

據考證，「莫須有」有幾個意思：「或許有」、「必須有」、「不須有」、「等等看，會有的」，或者「等著瞧，會有的」等幾個意思。

于謙　「兩袖清風」做清官

明朝時期，監察禦史、兵部右侍郎于謙為官十分清廉。當時的官場十分腐敗，而他卻出污泥而不染，從不收受他人的財物。

當時，有一個叫王振的宦官，在皇帝左右專權，作威作福，肆無忌憚地收受賄賂。百官大臣們為了能讓他在皇帝面前說句好話，爭相向他獻金求媚。

然而，于謙到外地檢查工作回來進京奏事，從不帶任何禮品給王振。

有人勸他：「您不肯送金銀財寶，難道不能帶點土產去？」

于謙瀟灑一笑，甩了甩他的兩隻袖子，說：「只有清風。」

他還特意寫詩〈入京〉以明志：「絹帕麻菇與線香，本資民用反為殃。清風兩袖朝天去，免得閭閻話短長！」「閭閻」就是里巷的意思。此句的意思是，免得被人背後說長道短。此詩寫成後，遠近傳誦，為一時佳話。

于謙勤於政務，經常住在值班的地方不回家。他的衣服、用具過於簡單，連皇帝都看不下眼，下詔令宮中造好賜給他。

　　有人說，皇帝太過寵愛于謙，皇帝說：「他日夜為國分憂，不問家產，如果他去了，朝廷到哪裡還能找到這樣的人？」

　　于謙如此剛正不阿，自然引起了一些奸臣小人的不滿。後來，于謙被奸臣誣陷，冤屈而死。

　　于謙被殺之後，按例應該抄家，可抄家的官員到于謙家時，發現除了幾間舊房子和生活必需品外，根本就沒有多餘的錢財，只有正屋的門鎖得嚴嚴實實。打開一看，裡面只有皇上賜給的蟒袍、劍器等，抄家的官員都為此動容。

◐ 走近名人

　　于謙（1398-1457），字廷益，號節庵，官至少保，明代名臣，民族英雄。于謙少年立志，七歲的時候，有個和尚驚奇于他的相貌，說：「所見人無若此兒者，異日救時宰相也。」十二歲時於謙即寫下明志詩《石灰吟》。二十三歲時成為進士。瓦剌軍進攻明朝京都，發生了「土木堡之變」，皇帝明英宗被俘，于謙力排京師南遷之議，決策守京師，敵兵逼近京師，于謙親自督戰，將敵人擊退。論功加封少保，總督軍務，迫使瓦剌軍遣使議和。後來于謙被以「謀逆」罪冤殺。

◐ 錦囊一開：兩袖清風

釋　　義｜衣袖中除清風外，別的一無所有。比喻做官清廉，也用來比喻窮得什麼也沒有。

出　　處｜元‧陳基〈次韻吳江道中〉：「兩袖清風身欲飄，杖藜隨

　　　　　月步長橋。」

近 義 詞｜潔身自好、一貧如洗

反 義 詞｜貪得無厭、貪贓枉法

成語造句｜孔繁森是個兩袖清風、一心為百姓的好幹部。

詞語接龍｜兩袖清風 ➡ 風餐露宿 ➡ 宿弊一清 ➡ 清茶淡話

◑ 智慧小站

　　「土木堡之變」是怎麼回事？明英宗時，明朝北方邊界的一個蒙古部族──瓦剌部強大起來。也先繼承瓦剌王位後，同明朝開始發生摩擦，並先發兵攻打明朝的城鎮大同，大同守軍敗退，緊急軍情很快傳到了京城。

　　朝廷當權宦官王振為鞏固自己的地位，竭力勸說英宗皇帝御駕親征。二十三歲的明英宗不顧大臣們的反對，帶著五十萬臨時拼湊起來的隊伍出發了。

　　結果，大軍行至土木堡（今河北省懷來縣東）這個地方，被瓦剌軍隊團團圍住，兩軍交戰，明軍全軍覆沒，明英宗被瓦剌軍俘虜，王振也被憤怒的部將錘殺。史稱「土木堡之變」或「土木之變」。

荊軻「窮圖匕見」刺秦王

戰國後期，秦國成為最強大的國家，不斷進攻、蠶食其他國家。

有一年，秦國攻打趙國，俘虜了趙王，滅趙後，秦國大軍兵鋒直指燕國南界，此時的燕國危在旦夕。

燕國的太子丹憂慮國家的前途，為了解除亡國的威脅，決定派自己的朋友勇士荊軻做刺客，去秦國刺殺秦王。

荊軻為報太子丹的知遇之恩，答應了他的請求。

但是，秦王很不好接近。所以，荊軻在出發前，做了一番周密的準備，以使自己能夠接近秦王。其中有一份繪製好的燕國準備獻給秦王的燕地督亢地區地圖，當然，那卷地圖有特別功用，裡面藏著刺殺秦始皇用的一把鋒利的匕首，匕首上還淬過了烈性毒藥。

荊軻到了秦國，秦王聽說荊軻帶來了仇人的頭和自己最想得到的燕國那片土地的地圖，果然決定親自接見荊軻。

荊軻的同伴秦舞陽捧著秦王仇人的頭，荊軻捧著地圖來到秦王面前，秦王高興地來看地圖。荊軻一點點為秦王打開地圖，地圖全部展開時匕首露了出來，荊軻一手抓起匕首，一手去拉秦王。

　　秦王見荊軻是刺客，撕斷衣袖掙脫而逃。荊軻圍著宮殿的柱子追趕秦王，被秦王手下的一個醫官的藥囊擊中。

　　秦王在大臣的提醒下抽劍砍傷荊軻，荊軻盡全力把匕首投向秦王，但沒有刺中，秦王連刺幾劍把荊軻殺死。

走近名人

　　荊軻（？-西元前 227），姜姓，慶氏。戰國末期衛國人，也稱慶卿、荊卿、慶軻，我國古代戰國時期著名刺客。荊軻喜好讀書擊劍，為人慷慨俠義。後遊歷到燕國，結識太子丹，拜為上卿。受燕太子丹之托入秦刺秦王，行刺失敗被殺。

錦囊一開：圖窮匕見

釋　　義｜地圖展開了，露出匕首。比喻事情發展到最後，真相或本意顯露了出來。

出　　處｜《戰國策·燕策三》：「軻既取圖奉之，發圖，圖窮而匕首見。」

近 義 詞｜真相大白、原形畢露

反 義 詞｜顯而易見、不明真相

成語造句｜圖窮匕見，直到最後，那幾個騙子的真正嘴臉才露出來。

詞語接龍｜圖窮匕見 ➡ 見羹見牆 ➡ 牆花路草 ➡ 草木皆兵

◑ **智慧小站**

荊軻刺殺秦王時為什麼沒有人拿著武器幫助秦王？

按照當時王宮裡的規定，到大殿裡議事的大臣是不允許攜帶武器的，而保衛秦王的那些衛士們要站在大殿之外，沒有招呼是不允許到大殿上來的。

所以，秦王身邊沒有人帶武器，又來不及叫大殿外邊的衛士，關鍵時刻，還是一個醫官用自己裝藥的袋子幫助了秦王，秦王才沒被刺殺。

劉邦「約法三章」定關中

秦朝末年，劉邦率領大軍攻入關中，來到離秦都城咸陽只有幾十里路的一個叫霸上（今陝西省西安市東，因在霸水西高原上得名）的地方。子嬰在當了四十六天的秦王後，帶領群臣向劉邦投降。

鄉下小官吏出身的劉邦從來沒有到過咸陽城，進了城後，看到秦王華麗的宮殿高興不已，就想在宮殿裡住下來，讓自己和手下們都享受享受。

他的心腹大將樊噲和謀士張良勸告他趕快離開這裡。

劉邦問為什麼，張良說：「一方面我們住在這裡，百姓們會說我們和秦王一樣，會失掉民心；更重要的一方面項羽的大軍要到了。如果我們住在這裡，會給項羽一個錯覺就是我們想當王，容易受到項羽大軍的攻擊。」

劉邦接受了他們的意見，下令封閉王宮，並派少數士兵保護王宮和藏有大量財寶的庫房，然後自己帶領大軍又回到霸上駐紮。

在謀士蕭何的建議下，劉邦把關中各縣父老、豪傑、頭面人物召集起來，向他們宣佈道：「秦朝的嚴刑酷法，把百姓們都害苦了，現在要全部廢除它。我

和眾位約法三章，不論是誰，都要遵守這三條法律：殺人者要處死，傷人者要抵罪，盜竊者也要判罪！」大家紛紛表示擁護這三條。

劉邦不僅嚴格約束自己的部隊遵守這三條，又派出大批人員到老百姓中間去宣傳和檢查這三項紀律。

劉邦的做法，受到了百姓的熱烈擁護，為最終奪得天下打下了良好的思想基礎。

◐ 走近名人

劉邦（西元前 256-西元前 195），字季（一說原名季），沛郡豐邑中陽里（今江蘇省豐縣）人。出身于平民階級，秦朝時曾擔任泗水亭長。楚人陳勝、吳廣起義後，劉邦在家鄉沛縣拉起一幫人回應，參與秦末的推翻暴秦行動。因起兵於沛，稱沛公。秦亡後被封為漢王。後於楚漢戰爭中打敗西楚霸王項羽，成為漢朝（西漢）開國皇帝。他對漢族的統一、中國的統一強大，漢文化的保護發揚做出了決定性的貢獻。

◐ 錦囊一開：約法三章

釋　　義｜約定三條紀律。原指訂立法律與人民相約遵守。現泛指訂立簡單的條款。

出　　處｜《史記·高祖本紀》：「與父老約，法三章耳；殺人者死，傷人及盜抵罪。」

近 義 詞｜雞犬不驚、秋毫無犯

反 義 詞｜胡作非為、為所欲為

成語造句｜臨出發前，老師和同學們約法三章，囑咐同學們一定要遵
　　　　　守紀律。

詞語接龍｜約法三章 ➡ 章句之徒 ➡ 徒法不行 ➡ 行步如飛

◖◗ 智慧小站

　　漢朝與漢族：漢族以前被稱為「華夏」族。戰國時期秦國設漢中郡，
地點位於今陝西省西南部。秦統一天下後，全國設三十六郡，漢中郡是其
中之一。秦滅亡後，劉邦被封為漢王，其率領的軍隊被稱為「漢軍」，駐
紮在漢中。後劉邦統一天下，定國號為「漢」。「漢人」的稱呼起源於此，
意為漢朝之人。一直到北魏後期，漢人成為中國人的代稱。後來，「漢人」
所包含的範圍越來越大。經過歷代各民族之間的雜居、融合，許多民族加
入漢人的行列。到中華民國時期，「漢人」才正式改稱「漢族」。

陶侃
「竹頭木屑」也珍惜

東晉名將陶侃，戎馬生涯四十餘年，始終保持著勤儉節約的作風，還經常勉勵部下並身體力行為國為民珍惜一草一木。

有一年，陶侃組織造一批戰船，去現場檢察督導時，發現大量的剩竹頭和木屑扔得到處都是，於是叫人把這些廢物全部登記收藏起來，放在倉庫裡保存好。一些人見了，暗自覺得好笑，小聲說道：「這些東西只能做燒柴了，不知將軍留下它們何用？」陶侃心裡暗想：「以後你們就知道了！」

後來，部隊有一次集會，恰逢雪後初晴，軍士們紛紛抱怨集會地的路泥濘難走。陶侃叫人把收藏的木屑拿出來鋪在地上，一下子就解決了問題，微不足道的木屑發揮了大作用。當初提出疑問的那些人都覺得陶侃有遠見。

第二年的夏天，東晉大將桓溫要去蜀地征戰，準備作戰的船隻時，船板鋸好了，但缺少竹釘，沒法把船身拼裝起來。陶侃便叫人把收藏著的竹頭取出來送給桓溫，削成竹釘，船很快就裝好了。廢竹頭起了大作用，桓溫稱讚他是個能夠使物盡其用的人。

陶侃不但提倡節儉，而且身體力行，他非常反感那些毫不珍惜財物的人。

一次，他看見一個公子哥模樣的人拿著一把沒有成熟的青稻穗玩，就問他：「這稻穗還沒成熟，你怎麼這樣糟蹋糧食呢？」

那人露出不屑的神情說：「幾棵青稻穗，看著好玩，隨手摘的。」

陶侃聽了大怒道：「你自己不種莊稼，還去糟蹋別人的！」當即讓部下把那個人抓起來狠狠地打了一頓。

走近名人

陶侃（259-334），字士行，鄱陽（今江西省鄱陽）人。東晉時期名將、大司馬。陶侃在東晉的建立和穩定的過程中頗有建樹。他出身貧寒，衝破當時門閥政治為寒門人士入仕設置的重重障礙，做上了很高的官職並頗有政績，是頗具傳奇色彩的人物。他精勤吏職，不喜參與當時的飲酒、賭博等官場惡習，為人稱道。他是晉代著名詩人陶淵明的曾祖父。

錦囊一開：竹頭木屑

釋　　義｜比喻可利用的廢物。

出　　處｜《晉書·陶侃傳》：「時造船，木屑及竹頭，悉令舉掌之，咸不解所以。」

近 義 詞｜木屑竹頭、無足輕重

反 義 詞｜奇珍異寶、和璧隋珠

成語造句｜節儉是一個人的美德，即使是竹頭木屑我們也要珍惜。

詞語接龍｜竹頭木屑 ➡ 屑榆為粥 ➡ 粥粥無能 ➡ 能剛能柔

◖◗ 智慧小站

陶侃搬磚的典故：陶侃率兵攻克反叛分子佔據的地盤，為國家消除了叛亂武裝，聲威大震，也由此受到權臣的猜忌，解除了他的兵權，讓他到一個偏遠的地方做一閒職。

無事可做的陶侃並沒有放鬆自己，為了鍛鍊自己的身體和意志，他每天早晨都把一百塊磚搬到院子的東邊，晚上又從東邊搬到西邊，搬來搬去，常累得滿頭大汗。

有人不解而嘲笑他，他卻正色道：「我正當壯年，總有一天國家要收復失地用到我。生活悠閒就會變懶，報效國家要有個好身體，這樣才能擔當重任！」

嘲笑他的人聽了不禁肅然起敬。

馬援

「馬革裹屍」好男兒

馬援是東漢名將。他年輕時當過督郵。

有一次，在押送一個囚犯時覺得這個囚犯很可憐，於是就放走了他。放走囚犯是大罪，督郵的差事也不能做了，他只好逃到一個僻遠的鄉村躲藏起來。

後天下大赦，馬援就在當地畜養起牛羊來。由於他為人仗義，好善樂施，不斷有人從四方趕來依附他。

馬援是個胸有大志的人，雖然過著轉徙不定的遊牧生活，但胸中之志絲毫未減。

他常常對跟隨自己的人說：「作為大丈夫，要有自己的志向，而且越窮志向要越堅定，年紀越大志氣要更旺盛，幹勁要更足。」

不久，馬援看到天下形勢有變，正是自己立志幹一番大事的機會。於是，他把所有的財產都分給跟隨他的那些朋友百姓們，自己投身軍旅。

歸順漢光武帝后，他奔赴沙場抵禦外族侵略。他帶領軍隊抗匈奴伐交趾，屢建戰功，表現出了傑出的才能。光武帝封他為「伏波將軍」。

後來，「威武將軍」劉尚在貴州陣亡。消息傳

來，光武帝十分擔憂那裡的戰局。馬援年過花甲，卻自願請求出征。

光武帝擔心他年齡大了，身體吃不消。他卻說：「好男兒為國遠征，以馬革裹屍還葬！」

於是，他出兵貴州，勇挫敵兵，不幸病死在戰場，最終實現了他「馬革裹屍還」的願望。

◎ 走近名人

馬援（西元前 14 年-西元 49 年），漢族，扶風茂陵人。東漢開國功臣之一，因功累官伏波將軍，封新息侯。馬援「少有大志，諸兄奇之」，十二歲時，父親去世。歸順劉秀後，為劉秀的統一戰爭立下了赫赫戰功。天下統一之後，馬援雖已年邁，但仍請纓為國家穩定東征西討。其「老當益壯」、「馬革裹屍」的氣概甚得後人的崇敬。

◎ 錦囊一開：馬革裹屍

釋　　義｜用馬皮把屍體裹起來。指英勇犧牲在戰場。

出　　處｜《後漢書・馬援傳》：「男兒要當死于邊野，以馬革裹屍還葬耳，何能臥床上在兒女子手中邪？」

近 義 詞｜赴湯蹈火、出生入死

反 義 詞｜臨陣脫逃、貪生怕死

成語造句｜多少革命先烈們為了新中國拋頭顱、灑熱血，馬革裹屍而還。

詞語接龍｜馬革裹屍 ➡ 屍橫遍野 ➡ 野鬼孤魂 ➡ 魂不守舍

◐ 智慧小站

　　天下大赦是怎麼回事？天下大赦也說成大赦天下。在古代封建社會，遇有新皇帝登基、皇帝大婚、特異天象等事件時，往往要對天下進行大赦（赦，指免除和減輕刑罰）。所謂大赦天下就是皇帝下令對全天下的囚犯進行免除和減輕刑罰，或是對被流放邊疆或被貶官員召其回鄉，官復原職或升遷的政策。有時也伴隨著一些對百姓減免賦稅等活動。

薛仁貴
「捨生忘死」平國難

　　薛仁貴出生在一個普通農民家庭。父親早逝，他自幼喜歡武術，天生臂力過人，二十歲時學成十八般武藝。

　　薛仁貴一心想投軍報國，母親也鼓勵他要為國家捨生忘死。但是，他生於亂世，又在一個閉塞的農村，所以一直沒有機會投身軍旅建功立業。

　　長大後薛仁貴仍然務農，娶妻柳氏。到三十歲的時候，他還是窮困不得志，但他的妻子是個很明事理的人。

　　一天，見薛仁貴為自己的不得志歎息，妻子便對他說：「有本事有志向的人，要善於抓住時機。現當今皇帝御駕親征遼東，正是需要英雄猛將的時候，你有這一身的本事，何不從軍立個功名？」

　　薛仁貴聽了，覺得有道理，就告別妻子去從軍。從此，開始了他馳騁沙場四十年的傳奇經歷。

　　剛當成小兵不久，薛仁貴就憑藉自己的勇猛立了戰功。

　　那一年，唐太宗從洛陽出發，帶領大軍出征高麗。在遼東戰場上，唐朝大將被敵軍團團圍困，無法脫身，無人能救。

　　危難之際，薛仁貴單槍匹馬挺身而出，萬馬軍中，直取高麗一將領人頭，並將人頭挑在槍上。敵兵見唐朝軍士如此英雄，為之膽寒，紛紛後退。唐朝大將被趕來的軍兵救回。這一仗役，薛仁貴名揚軍中。

　　後來，薛仁貴參加過多次征戰邊疆的戰鬥，為唐王朝邊疆的穩定做出了突出貢獻。

　　七十歲時，薛仁貴病死在遠征突厥的路上，成就了他為國家「捨生忘死」的人生志向。

◖◗ 走近名人

　　薛仁貴（614-683），字仁貴，名禮，山西絳州（今山西河津市）人。唐朝名將，著名軍事家、政治家。隨唐太宗李世民創造了「良策息干戈」、「三箭定天山」、「神勇收遼東」、「仁政高麗國」、「愛民象州城」、「脫帽退萬敵」等軍事、政治上的赫赫功勳。

◖◗ 錦囊一開：捨生忘死

釋　　義｜不顧生死。多形容為國為民不顧自己的生命安危。

出　　處｜元・無名氏《鎖魔鏡》第二折：「你須索捨死忘生，建立功勳。」

近 義 詞｜奮不顧身

反 義 詞｜貪生怕死、貪生畏死

成語造句｜大學生們捨生忘死救人的精神永遠值得我們學習。

詞語接龍｜捨生忘死 ➡ 死搬硬套 ➡ 套言不陳 ➡ 陳陳相因

◖◗ **智慧小站**

　　三箭定天山的典故：唐朝時，回紇鐵勒部騷擾唐邊境達數十年之久，薛仁貴奉命去整肅邊境。鐵勒人得知唐軍將至，便聚兵十余萬人阻擊唐軍。

　　兩軍交戰，鐵勒的幾十員大將出陣挑戰，薛仁貴應聲出戰，獨挑幾十人，連發三箭，敵人三員大將墜馬而亡。敵軍見之，立即混亂，薛仁貴指揮大軍趁勢掩殺，鐵勒人膽寒，下馬投降。之後薛仁貴又生擒鐵勒九部的首領，從此回紇九姓突厥衰落。

　　當時民間流傳歌謠「將軍三箭定天山，戰士長歌入漢關」。薛仁貴三箭定天山，解除了鐵勒部對唐邊境達數十年的威脅。

李靖「一代楷模」眾人學

隋朝末年，做地方官的李靖不願意看到隋煬帝窮兵黷武驕奢淫逸，使人民生活在水深火熱之中，於是辭官回家研究兵法。後來，他投身唐高祖李淵，幫助李淵統一天下，建立唐朝。

唐太宗李世民即位後，李靖任兵部尚書。當時西北的少數民族突厥和吐谷渾經常襲擾邊境，搶劫牛馬，屠殺百姓，成為唐朝的邊患。唐太宗任命李靖為行軍總管，率兵北征。

一次，李靖僅率三千鐵騎，出奇制勝，將突厥打得大敗。而後李靖為平定邊患，經常統兵在外，大小百餘戰，立下赫赫戰功，升為尚書僕射（尚書省長官，即為宰相）。

再後來，李靖看到天下基本平定，考慮到自己是員武將，不太懂得如何治國，管理朝政也不會再有大作為，於是決定辭官回鄉。

正好唐太宗要派李靖到各地察訪民情，了解各地官員的施政情況。

李靖推辭說：「我有些年老了，只怕再去察訪會辜負陛下的信任，還是派別人去更好些。」

回到家後，李靖把決定告老還鄉的想法詳細寫了

一個奏章，交給唐太宗。

唐太宗看了李靖的奏章，覺得措辭十分得體，態度非常懇切，內心也很感動，立即批準了李靖的要求。第二天，派中書侍郎向李靖傳達他的旨意：「從古至今，做了大官而能知足的人很少，不論聰明人或庸俗人差不多都不能自知。有些人本來沒什麼才能，還留戀權勢，不肯辭官；有些人生了病，根本不能做事了，仍然佔據高位。我同意你辭官，不僅成全你的志向，更重要的是想把你樹為一代楷模，讓後人們學習。」

李靖辭官以後，把平生用兵心得寫成一部《李衛公兵法》，可惜這部兵法後來失傳了。

◖ 走近名人

李靖（571-649），字藥師，雍州三原（今陝西省三原縣）人。唐初重要將領，是唐朝文武兼備的著名軍事家。李靖出生於官宦之家，儀錶魁偉。由於受家庭的薰陶，從小就有「文武才略」，又頗有進取之心，曾對父親說：「大丈夫若遇主逢時，必當立功立事，以取富貴。」後因功封衛國公，世稱李衛公。李靖善於用兵，長於謀略，著有數種兵書，但多數都失傳。

◖ 錦囊一開：一代楷模

釋　　義｜一個時代的模範人物。

出　　處｜《舊唐書·李靖傳》：「朕今非直成公雅志，欲以公為一代楷模。」

近 義 詞｜奉為楷模

反 義 詞｜遺臭萬年

成語造句｜自強不息的張海迪是我們的一代楷模。

詞語接龍｜一代楷模 ➡ 模棱兩可 ➡ 可乘之隙 ➡ 隙中觀鬥

智慧小站

今天還有突厥人嗎？突厥人原來是中國古代北方的少數民族，經過千百年的融合和遷 。現代意義上的突厥，沒有一個唯一的概念，不是一個民族，而是很多民族的總稱。他們都是古代突厥人的後裔，突厥血統的繼承者，最主要的突厥後裔民族是土耳其人、維吾爾人、哈薩克人、柯爾克孜人、韃靼人、亞塞拜然人、烏茲別克人、吉爾吉斯人、土庫曼人等。現代土耳其人，認為自己是突厥人的直系後裔。

楚莊王「一鳴驚人」興國家

春秋時期，楚莊王少年即位。

當時，朝政混亂，少有大志的他為了穩住事態，觀察朝野，表面上不理朝政，暗地裡卻了解情況，等待時機。

當政三年，楚莊王沒有發佈一項政令，也沒有什麼作為，朝政大事都交由大臣處理。他每天不是出宮打獵遊玩，就是在宮裡玩樂，並且不允許任何人勸諫。大臣們都為楚國的前途擔憂。

主管軍政大事的右司馬，看到天下大國爭霸的形勢對楚國越來越不利，就想勸諫楚莊王勵精圖治，振興國家，但楚莊王不允許勸諫。於是，他絞盡腦汁想出一個辦法。

有一天上朝，就在楚莊王準備退朝的時候，他對楚莊王說：「臣在南方時，見到過一種鳥，它落在一個山崗上，三年不展翅、不飛翔，也不鳴叫，沉默無聲，這只鳥叫什麼名字呢？」

楚莊王明白右司馬是在暗示自己，他也覺得大臣們要求富國強兵的心情十分迫切，已經到了自己整頓朝綱，重振君威，做一番大事的時候了。於是就對右司馬說：「此鳥三年不展翅，是在生長羽翼，讓翅膀

更豐滿；三年不飛翔、不鳴叫，是在觀察周圍的情況，確定方向。這只鳥三年不飛，一飛必然沖天；三年不鳴，一鳴必然驚人。我明白你的意思了，我知道應該怎麼做了。」

由於三年來楚莊王暗中做了充分的準備，所以上朝理政後，他知人善任，廣攬人才，整頓朝綱，連續廢除十項不利於楚國發展的刑法，興辦了多項有利於楚國發展的事情，誅殺了五個貪贓枉法的大臣，群臣為之大振。

在君臣的共同努力下，楚國日漸強盛起來。最終，楚莊王成為春秋五霸之一。

◐ 走近名人

楚莊王（？-西元前 591），又稱荊莊王，芈姓，熊氏，名旅（一作呂、侶）。春秋時期楚國最有成就的君主，春秋五霸之一。楚莊王之前，楚國一直被排除在中原文化之外。楚莊王稱霸中原後，不僅使楚國強大，威名遠揚，也為華夏的統一、民族精神的形成發揮了一定的作用。

◐ 錦囊一開：一鳴驚人

釋　　義│一鳴叫就使人震驚。比喻平時沒有什麼突出的表現，一下子做出驚人的成績。

出　　處│《史記・滑稽列傳》：「此鳥不飛則已，一飛沖天；不鳴則已，一鳴驚人。」

近 義 詞│一舉成名、一步登天

反 義 詞｜身敗名裂、臭名遠揚
成語造句｜我國選手一鳴驚人，一連奪得這個項目的兩個冠軍。
詞語接龍｜一鳴驚人 ➡ 人百其身 ➡ 身敗名隳 ➡ 隳膽抽腸

◑ 智慧小站

　　春秋五霸：春秋時期，周天子失去了權威，一些強大的諸侯國為了爭奪霸權，互相征戰，爭做霸主。春秋初期諸侯列國一百四十多個，經過連年兼併，到後來只剩下較大的幾個。這些大國之間還互相攻伐，爭奪霸權，先後稱霸的五個諸侯叫做「春秋五霸」。關於春秋五霸，說法不一。一種說法是指齊桓公、宋襄公、晉文公、秦穆公和楚莊王；另一種說法是指齊桓公、晉文公、楚莊王、吳王闔閭、越王勾踐；還有人說是齊桓公、晉文公、秦穆公、楚莊王、吳王闔閭。

八
親情友情篇

人物譜

曹　植·曹操之子，自幼穎慧，才高八斗，十餘歲便能誦讀詩、文、辭賦，
　　　　出言成章，落筆成文，深得曹操的寵愛，但一生鬱鬱不得志。

管　仲·春秋時期齊國著名的政治家、軍事家，少時喪父，生活貧苦，早早地
　　　　挑起家庭重擔，養活老母。幾經曲折，經鮑叔牙力薦，為齊國上卿，
　　　　輔佐齊桓公成為春秋時期第一霸主。

張　飛·與劉備、關羽在桃園結義。頗有膽識，善用奇兵。性如烈火，嫉惡如
　　　　仇，性格直爽且有謀略。

曹植
「煮豆燃萁」說兄弟

曹植是曹操的小兒子，他既聰明又有才華，深受父親的寵愛。曹操曾經認為曹植在諸子中「最可定大事者」，幾次想立他為世子，將來接自己的王位，但都因一些原因而未成。這也使得曹操的大兒子曹丕十分妒忌曹植，多次暗中破壞曹操對曹植的信任。

曹操去世後，曹丕繼承了王位，後來又當上了皇帝。因為曹丕向來妒忌曹植的才華，總覺得有曹植在就會威脅到自己的地位，於是就想加害曹植。

在一次君臣宴會上，曹丕當著眾大臣的面，對曹植恨恨地說：「眾臣都說你才思敏捷，不知是真是假。今天就當眾試一試，從你站著的地方跨出七步，在七步之內必須作詩一首，如果做不出詩來，你今天就死定了！」

曹植知道哥哥忌恨自己已久，自己也一直小心翼翼，沒想到骨肉同胞竟會如此心狠手辣。他定了定神，略加思索，回應道：「遵皇上之命，我就來試一試。」然後離開座位，邊走邊念：「煮豆燃豆萁，豆在釜中泣。本是同根生，相煎何太急！」

七步走完，詩也作好啦！詩的意思是說：兄弟手足，就像那豆和豆萁，本是一母所生，你為什麼不念手足之情，要如此加害於我？

　　曹丕自然明白曹植是用豆和豆萁的關係，比喻兄弟骨肉不應該相殘，於是只好放了曹植，從此也沒有再難為曹植。

◖ 走近名人

　　曹植（192-232），字子建，沛國譙（今安徽省亳州市）人。三國時期建安文學的代表人物。曹植自幼穎慧，十餘歲便能出言為論，落筆成文，深得曹操的寵愛。曹丕稱帝后，曹植處處受到限制和打擊。曹丕死後，其子曹睿即位，曹植曾幾次上書，希望能夠做點事情，但都未能如願，最後憂鬱而死。

◖ 錦囊一開：煮豆燃萁

釋　　義｜ 燒豆萁煮豆子。比喻兄弟間自相殘殺。

出　　處｜ 南朝宋・劉義慶《世說新語・文學》：「文帝嘗令東阿王七步作詩，不成者行大法。應聲便為詩曰：『煮豆持作羹，漉菽以為汁，萁在釜下燃，豆在釜中泣，本是同根生，相煎何太急？』帝深有慚色。」

近 義 詞｜ 同室操戈、相煎太急

反 義 詞｜ 情同手足、親密無間

成語造句｜ 公司正處於危機之時，所有人都要團結一致，煮豆燃萁的事情我們絕不能做。

詞語接龍｜ 煮豆燃萁 ➡ 旗鼓相當 ➡ 當機立斷 ➡ 斷章取義

◐◑ **智慧小站**

曹丕對曹植用計：有一次，曹操欲派曹植帶兵出征。帶兵出征是掌握軍權的象徵，這也是曹操重點培養曹植的徵兆。曹丕得到消息，當然很為惱火，怎麼辦呢？曹丕想了一個毒計，他事先帶著好酒好菜，跟曹植一起喝酒，灌得曹植酩酊大醉。此時，曹操派人來傳曹植，連催幾次，曹植仍昏睡不醒，曹操一氣之下取消了曹植帶兵的決定。

第五倫「一夜十起」談私心

　　東漢初期，有個叫第五倫的人做了會稽太守。他為官十分清廉，儘管自己官至太守，為二千石一級的官員，但他還是親自鍘草餵馬，妻子也要下廚房做飯。所得到的俸祿，也只留下一個月的口糧，其餘的都送給貧苦百姓。

　　就是這樣一個清正廉潔的人，當別人問他是否有私心時，他毫不掩飾地說：「有啊！」

　　聽到回答的人都有些驚奇：「你有什麼私心啊？」

　　第五倫舉例說：「有個朋友，向我求官，送我一匹駿馬，我雖然沒有收受，至今也沒有介紹他擔任什麼官職，但每逢我推薦使用人時，卻總會想起這個人來。這是不是私心？」

　　那人點頭：「也算私心吧！」

　　第五倫接著說：「我的侄兒住在我家，生病時，我一個晚上要起來十幾次去看他，但每次回來後都能安然入睡；而我的兒子生病時，我心中一直牽掛，通夜難眠。怎麼能說沒有私心呢？」

　　聽的人連連點頭稱是。

◎ **走近名人**

第五倫，字伯魚，京兆長陵人。王莽新朝時做了一個很小的官，很久不得提拔，於是辭官不做，領著家人改名換姓遠走他鄉，以做小買賣為生。後來由朋友推薦，京兆尹（京城的最高長官）召他為主簿，負責監督鑄錢，統領長安市場。因為做事清廉，很受民眾歡迎，被舉孝廉，到朝廷做官。

◎ **錦囊一開：一夜十起**

釋　　義｜心裡惦掛事情，一個晚上起來十幾次，不得安睡。

出　　處｜南朝·宋·范曄《後漢書·第五倫傳》：「吾兄子常病，一夜十往，退而安寢；吾子有疾，雖不省視，而竟夕不眠。若是者，豈可謂無私乎？」

近 義 詞｜夜不能寐、臥不安席

反 義 詞｜昏昏欲睡

成語造句｜我們的安檢員工作認真負責，經常是一夜十起，仔細檢查。

詞語接龍｜一夜十起 ➡ 起兵動眾 ➡ 眾多非一 ➡ 一敗塗地

◎ **智慧小站**

二千石：漢官秩（官員的職位或依品級而定的俸祿），又為郡守（太守）的通稱。

因為西漢時，官員的俸祿是糧食，石是稱糧食的單位。兩千石，即月

俸兩千石糧食。漢官秩以萬石為最高，中二千石次之，真二千石再次，後一級就是兩千石，其下有比二千石等。

　　普遍的說法是，一石約為今天的六十千克。但是，根據出土文物，秦漢時的一升只可以裝三百四十克左右粟米，若按照十升一斗，十斗一石的演算法，則漢朝一石最多只相當於現在的三十五千克。

伯牙 「高山流水」遇知音

　　春秋時期，有個叫伯牙的人，精通音律，擅長琴藝。

　　有一天夜裡，伯牙乘船外出旅行，遇到大雨阻隔，只好讓人把船停在江邊等待。不久，雨停風靜，面對清風明月，伯牙思緒萬千，心生寂寞，便拿出隨身攜帶的古琴彈了起來。

　　正在伯牙用心彈琴時，忽聽岸上有人叫道：「好曲！真是好曲啊！」

　　伯牙止住琴聲，聞聲看去，見一個樵夫模樣的人站在岸邊。

　　伯牙問：「請問那位元先生，你也懂音樂嗎？」

　　樵夫點頭說：「略知一二，你的曲子彈得真好！」

　　伯牙心想：一個打柴的樵夫，能聽懂我的琴？於是就問：「你既然懂得琴聲，那就請你說說看，我彈的是一首什麼曲子？」

　　那樵夫笑著回答：「先生，您剛才彈的是孔子讚嘆弟子顏回的曲譜。」樵夫的回答一點沒錯，伯牙不禁大喜。

伯牙高興地請樵夫上船，相互通報了姓名，知道這個樵夫叫鍾子期，於是興致勃勃地為他演奏起來。

伯牙凝神於高山，賦意於曲調之中，樵夫說道：「真好！雄偉而莊重，像泰山一樣高峻無比啊！」

伯牙思緒於流水，曲調中表現奔騰澎湃的波濤時，樵夫又說：「妙啊，浩浩蕩蕩，就如同江河奔流一樣呀！」

伯牙非常激動地說：「先生對音樂的理解實在是太高明了，你就像在我的心裡一樣，完全理解我的心思，你真是我的知音啊！」

於是，他們談起了音樂，樂此不疲，從深夜一直談到黎明，直到伯牙要開船趕路了，才依依不捨地分手。二人結為朋友，並約好第二年再相會論琴。

第二年，伯牙來會鍾子期。可是，等了一天也沒有見到他，便向附近村子裡的人打聽，才知道鍾子期不久前因病去世了。

伯牙悲痛萬分，傷感不已。沒有了鍾子期，自己的琴聲也沒人能夠聽得懂，於是他摔壞了古琴，從此不再撫弦彈奏。

◖ 走近名人

伯牙，姓伯，名牙，春秋戰國時代楚國郢都（今湖北省荊州）人。他雖為楚人，卻任職晉國的上大夫，且精通琴藝。伯牙是當時著名的琴師，善彈七弦琴，技藝高超。既是彈琴能手，又是作曲家，被人尊為「琴

仙」。伯牙撫琴遇知音就是他在探親回國途中發生的故事。

◑ 錦囊一開：高山流水

釋　　義｜比喻知音或知己，也比喻非常高妙的樂曲。

出　　處｜戰國·鄭·列御寇《列子·湯問》：「伯牙鼓琴，志在高山，鐘子期曰：『善哉，峨峨兮若泰山！』志在流水，鐘子期曰：『善哉，洋洋兮若江河。』」

近 義 詞｜知音難覓、陽春白雪

反 義 詞｜下里巴人、通俗易懂

成語造句｜這曲音樂似高山流水，我欣賞不了。

詞語接龍｜高山流水 ➡ 水碧山青 ➡ 青出於藍 ➡ 藍田出玉

◑ 智慧小站

伯牙姓與名的考證：也有稱俞伯牙的。《史書》與《荀子》、《琴操》、《列子》等書中均為「伯牙」。東漢高誘注曰：「伯姓，牙名，或作雅。」現代的《辭源》也注曰：「伯姓牙名。」另一種說法是：伯牙姓俞名瑞，字伯牙。明末小說家馮夢龍在他的小說中如此說。所以，後來許多資料和書籍中都沿用馮夢龍的說法，叫伯牙為俞伯牙。

聶政

「白虹貫日」動人心

　　戰國時期，有個叫聶政的人，為人俠義。家鄉的一個惡霸欺負百姓，他一怒之下殺了那個惡霸，而後，帶領自己的母親和姐姐避禍跑到了齊（今山東省境內）地，以賣肉為生。

　　韓國大夫嚴仲子與韓國相國俠累（名傀，也叫韓傀）因為朝廷的事情結下了仇，潛逃到外地。嚴仲子一心想除掉俠累為自己報仇。他聽聶政為人俠肝義膽，於是主動接近聶政，拿了很多錢為聶政母親慶壽，從此和聶政結為好友。聶政知道了他的情況後，同意為他報仇。

　　正在做報仇的準備時，聶政的母親亡故，聶政在家守孝三年，嚴仲子一直陪伴著他。聶政感念嚴仲子的知遇之恩，於是守孝結束後，獨自一人仗劍到了韓都陽翟（今禹州）尋找俠累。來到相國府前，見俠累正在相國府裡辦公，周圍有很多衛士，於是持劍沖入相府，刺殺了俠累，而後又格殺俠累的侍衛數十人。因怕連累與自己面貌相似的姐姐，聶政毀了容，而後自殺。傳說，被他的精神所感動，當時天空有白色的長虹穿日而過。

◑ 走近名人

　　聶政（？-西元前 397），戰國時俠客，韓國軹

（今河南省濟源市東南）人。以任俠著稱，為戰國時期四大刺客之一，成功地刺殺了韓國相國俠累。

◐ **錦囊一開：白虹貫日**

釋　　義	白色的長虹穿日而過。長虹穿日是一種大氣光學現象。今天多說氣貫長虹，用來比喻正義的精神崇高而豪壯。
出　　處	《戰國策・魏策四》：「聶政之刺韓傀也，白虹貫日。」
近 義 詞	氣貫長虹、氣吞山河
反 義 詞	無聲無息、偃旗息鼓
成語造句	少年英雄血灑疆場，白虹貫日，感動無數人為反抗侵略者前仆後繼。
詞語接龍	白虹貫日 ➡ 日薄桑榆 ➡ 榆次之辱 ➡ 辱國喪師

◐ **智慧小站**

戰國時期四大刺客：荊軻刺秦王，專諸刺王僚，要離刺慶忌，聶政刺韓傀。這四個刺客故事都留下了成語：荊軻刺秦王——窮圖匕見；專諸刺王僚——日暮途窮；要離刺慶忌——慶父不死，魯難未已；聶政刺韓傀——白虹貫日。

張飛「惺惺相惜」收嚴顏

三國時期，劉備率軍進攻成都的劉璋，但打到廣漢城下的時候，圍了差不多一年，不但沒有攻下城來，軍師龐統還被守城部隊亂箭射死。進不能進，退不能退，劉備只好讓諸葛亮和張飛各帶一支隊伍入西川來助戰。

張飛當時兵多將廣，便帶隊伍沿長江而上，一路上所向披靡，主動開門投降者近百城。大軍抵達巴郡時卻遇到了阻力。巴郡太守嚴顏是一名老將，非等閒之輩，善開硬弓，使大刀，能征善戰，有萬夫不當之勇。嚴顏嚴陣以待，誓與城池共存亡。在巴郡城外，張飛與嚴顏打了幾場硬仗，不分勝負。張飛只好設計，誘獲了嚴顏。被五花大綁的嚴顏毫不示弱，大罵張飛使用詭計，要和張飛再戰三百回合。張飛勸其投降，嚴顏說：「巴郡只有斷頭將軍，沒有投降將軍。」張飛大怒，命令手下：「把嚴顏拉下去砍了。」嚴顏傲慢而從容地說：「要砍頭，請便就是，發這麼大的火幹嗎？不像個將軍！」說完，不等軍士來推，便昂首挺胸地往外走。

張飛本來就挺愛惜嚴顏這個英雄，對嚴顏慷慨赴死的精神更是讚賞不已，心中感歎：「英雄！英雄！」三步並著兩步走下臺階，親自解開綁嚴顏的繩索，對著嚴顏納頭便拜：「將軍英雄，還請原諒我的粗莽，

還請嚴將軍助我！」嚴顏見張飛如此禮賢下士，終於答應了張飛的請求，和張飛兵合一處去救援劉備。

◯ 走近名人

張飛（？-221），字益德，漢族，涿郡（今河北涿州）人。出身於富豪之家，蜀漢著名將領，頗有膽識，善於奇襲，曾擺疑兵計以二十騎嚇退曹軍數千虎豹軍。後又出奇兵前後夾擊大破曹魏大將張郃。性格直爽且有謀略，敬君子而不恤小人，但對部下過於嚴厲。死於部下的暗殺。歷史上，張飛不但是名將，還是三國時期蜀國著名書法家、畫家，至今還留有他的書法和繪畫手跡。

◯ 錦囊一開：惺惺相惜

釋　　　義｜有同樣性格、志趣、境遇的人互相愛護、同情。

出　　　處｜元·王實甫《西廂記》：「他若是共小生，廝覷定，隔牆兒酬和到天明，方通道惺惺的自古惜惺惺。」

近 義 詞｜志同道合、心心相印

反 義 詞｜離心離德、不相為謀

成語造句｜兩個從未見面的人互相傾慕，惺惺相惜，今日相見，真是緣分！

詞語接龍｜惺惺相惜 ➡ 惜字如金 ➡ 金榜題名 ➡ 名不常存

◯ 智慧小站

嚴顏與忠州：忠州即今重慶市的忠縣。嚴顏是忠州人，忠州得名於嚴

顏和另一位將軍巴蔓子。巴蔓子也是忠州名人。忠州是古巴國，當年巴國內亂，國君遭受脅迫。巴國將軍蔓子向楚國求援，並許巴國三座城池為酬。內亂平息，楚使臣來找蔓子要城池。蔓子慷慨以答：「許諾，為大丈夫之言。然，巴國疆土不可分，人臣豈能私下割城。吾寧可一死，以謝食言之罪。」言畢，刎頸自盡，滿座大驚。使臣無奈，捧蔓子將軍頭顱歸。楚王欷歔：「如得此忠臣，又何需幾座城池。」遂以上卿之禮葬其頭顱。巴國舉國悲痛，於國都厚葬蔓子將軍無頭之軀。唐太宗李世民因為巴蔓子和嚴顏二將軍的「意懷忠信」而斟巴國舊地賜名「忠州」。這是中國大地上唯一以「忠」命名的州縣。

管仲
「管鮑之交」留佳話

　　春秋時期，管仲和鮑叔牙是好朋友。他們年輕的時候，一起做生意，管仲家裡很窮，本錢幾乎都是鮑叔牙拿的，掙了錢後，管仲卻要多得一些。鮑叔牙的僕人就很不高興。

　　鮑叔牙對僕人說：「管仲家裡窮，又要奉養老母親，多拿一點是應該的。」不久，兩個人一起參軍，部隊進攻時，管仲就想法躲在後面，撤退時卻跑在前面。官長發現了，說他貪生怕死，要責罰他。

　　鮑叔牙出面替管仲說情：「他不是怕死，他得留著他的命去照顧老母親呀！」

　　管仲知道是鮑叔牙救了自己便說：「生我的是父母，了解我的是鮑叔牙啊！」

　　後來，他們兩個一起到朝廷中做了官。鮑叔牙輔佐公子小白，管仲幫助公子糾，國家動亂時，他們分別保護主人逃出國門。接著，他們又各自保護自己的主人從國外回國爭奪王位。

　　路上，他們兩夥人正好相遇，為了讓公子糾能順利當上國王，管仲用箭射殺公子小白。可惜射偏了，小白裝死，躲過了管仲的攻擊。鮑叔牙保護小白先回到齊國，小白當上了齊國的國王，他就是齊桓公。

小白當上國王以後，決定封鮑叔牙為相國，鮑叔牙卻推薦管仲，說管仲比自己強很多。

此時，公子糾被殺，管仲被用囚車運送回國。齊桓公聽了鮑叔牙的建議，沒有治罪管仲，而是起用他當了相國，鮑叔牙自願做管仲的助手。

此後，管仲和鮑叔牙輔佐齊桓公做了很多大事。後人讚美管仲的才幹，更讚美鮑叔牙的為人。

◖ 走近名人

管仲（約西元前 723 或西元前 716-西元前 645），姬姓，名夷吾，春秋時期齊國潁上（今安徽省潁上）人，史稱管子。春秋時期齊國著名的政治家、軍事家。齊國上卿（相國），被稱為「春秋第一相」，輔佐齊桓公成為春秋時期的第一霸主。

◖ 錦囊一開：管鮑之交

釋　　義｜管仲和鮑叔牙之間相知最深。後常比喻交情深厚的朋友。

出　　處｜《列子・力命》：「生我者父母，知我者鮑叔也。」

近 義 詞｜生死之交、臼杵之交

反 義 詞｜點頭之交、一面之交

成語造句｜他們兩人真是管鮑之交，誰也拆不散啊！

詞語接龍｜管鮑之交 ➡ 交臂歷指 ➡ 指不勝屈 ➡ 屈鄙行鮮

◖◗ 智慧小站

齊桓公餓死宮中：齊桓公年輕時很有作為，成為一代霸主，可是到了晚年，他沒有聽管仲的勸告，開始信任豎刀、易牙、開方等奸臣。管仲死後，齊桓公年事已高並且生病，豎刀、易牙他們假託王命，把王宮用高牆圍起，只留一個小洞。桓公的飲食，全靠人從洞裡送入，並很快連飯也不給送了，桓公在飢渴中悲慘死去。桓公死後，眾公子忙於爭奪王位，直到兩個多月後才有老臣為其處理後事。

（九）

征戰沙場篇

人 物 譜

趙　雲・品性謙遜，性情冷靜，善內政，追隨劉備不改忠貞，是有大智慧之
　　　人，曾多次在危難之時解救劉備，被劉備譽為「一身是膽」。

項　羽・武勇古今無雙，是中華數千年歷史上最為勇猛的武將之一，秦末起義
　　　軍領袖，巨鹿之戰中大破秦軍主力。秦亡後自立為西楚霸王，後在楚
　　　漢戰爭中為漢王劉邦所敗，在烏江自刎而死。

黃　忠・劉備部下一名勇猛的老將，定軍山一戰中陣斬曹操部下名將夏侯淵而
　　　天下聞名，老當益壯，人勞壯志不老，鬥志不滅。

黃忠「寶刀不老」戰曹軍

三國時期，魏國大將張郃帶兵攻打蜀國的漢中地區，守將告急。蜀漢的主將都在邊關駐守。讓何人統軍去破敵呢？

軍師孔明說：「張郃乃魏之名將，非等閒可及。除非益德，無人可擋。」激得老將黃忠請纓出戰，並且讓同是老將的嚴顏給自己當副將。

兩軍對峙，張郃笑黃忠：「老將軍，這麼老了還出來打仗，劉備手下無人嗎？」

黃忠聽了怒道：「豎子欺吾年老，吾手中寶刀卻不老。」遂拍馬向前與張郃戰在一處，大戰二十餘回合，不分勝負。

此時，黃忠派出的嚴顏從小路抄了張郃軍的後路。兩軍夾攻，張郃大敗而逃。黃忠一路追殺，殺了曹軍大將夏侯德和韓浩。曹操只好又派大將夏侯淵去支援張郃，夏侯淵和黃忠對陣。

不料，黃忠英勇無比，在定軍山一戰，陣斬夏侯淵。夏侯淵是曹操的名將，這一仗，黃忠大勝，名揚天下。

◑ 走近名人

黃忠（？-220），字漢升，南陽（今河南省南陽市）人。漢末三國時期蜀漢名將。本為劉表部下中郎將，後歸劉備，並助劉備攻益州劉璋。後來，黃忠在定軍山一戰中陣斬曹操部下名將夏侯淵，升任征西將軍，後又賜關內侯。黃忠在後世多以勇猛的老將形象出現於各類文學藝術作品中，他的名字在中國也逐漸成為老當益壯的代名詞。

◑ 錦囊一開：寶刀不老

釋　　義｜比喻雖然年齡已大或脫離本行已久，但功夫和技術並沒減退。

出　　處｜《三國演義》：「忠怒曰：『豎子欺吾年老！吾手中寶刀卻不老。』」

近 義 詞｜老當益壯、寶刀未老

反 義 詞｜年老體衰、未老先衰

成語造句｜李老師寶刀不老，講起課來特受同學們的歡迎。

詞語接龍｜寶刀不老 ➡ 老成持重 ➡ 重床迭屋 ➡ 屋烏之愛

◑ 智慧小站

張郃之死：張郃原為袁紹手下名將，官渡之戰時，投奔曹操，從此被曹操重用，跟隨曹操南征北戰，平馬超，滅張魯，多有戰功。諸葛亮一出祁山時，張郃任司馬懿先鋒，跟隨司馬懿在街亭擊敗蜀將馬謖，使諸葛亮撤兵。此後，張郃先後隨曹真、司馬懿多次抵禦諸葛亮進攻，屢立戰功，

連諸葛亮也歎其勇猛。諸葛亮五出祁山撤退時，在劍閣設計埋伏，張郃前往追擊，中埋伏被亂箭射死。

趙雲「一身是膽」戰沙場

三國時期，劉備與曹操爭奪漢中。黃忠於定軍山斬曹軍大將夏侯淵後，曹操親領大軍至漢中，和劉備決戰。

一次，曹軍運米車隊至北山下，黃忠領兵去襲擊車隊，奪取糧食，並和趙雲約定返回時間。給定時間未還，趙雲領少數騎兵去接應，中途突然遭遇大隊曹軍。趙雲毫無懼色，飛馬突入曹軍隊伍，曹軍無人能敵，趙雲一鼓作氣將曹軍打散。

曹操在遠處觀看，見這員戰將這般厲害，忙問手下這人是誰？手下回答是常山趙雲。

曹操想起長坂坡大戰的事，讚嘆道：「趙子龍還是這般英雄。傳令，諸軍要小心為要。」

趙雲且戰且退，曹軍又會合起來，追至趙雲營寨。趙雲入營之後採用「空營計」，大開營門，偃旗息鼓。曹軍害怕趙雲，懷疑有埋伏，不敢進攻，急忙退走。

這時，趙雲令軍士齊擊戰鼓，鼓聲震天，並用勁弩在後面射殺曹軍。曹軍驚駭，自相踐踏，大敗而逃。

第二天，劉備來到趙雲營寨，察看昨天作戰的地

方，不禁稱讚道：「子龍一身都是膽啊！」軍中將士亦稱呼趙雲為虎威將軍。

◖ 走近名人

趙雲（？-229），字子龍，三國常山真定（今河北省正定南）人。初從公孫瓚，後歸劉備。曹操取荊州，劉備敗於當陽長坂，他力戰救護甘夫人和劉備子劉禪。劉備得益州，任為翊軍將軍。功績卓著，有勇有謀，善始善終。他曾以數十騎拒曹操大軍，被劉備譽為「一身都是膽」，追諡為順平侯。

◖ 錦囊一開：一身是膽

釋　　義｜形容膽量大，無所畏懼。

出　　處｜《三國志‧蜀書‧趙雲傳》：「先主明旦自來，至雲營圍視昨戰處。曰：『子龍一身都是膽也！』」

近 義 詞｜渾身是膽、膽大如鬥

反 義 詞｜膽小如鼠、畏縮不前

成語造句｜趙子龍作戰勇敢，一身是膽，是難得的虎將。

詞語接龍｜一身是膽 ➡ 膽戰心寒 ➡ 寒蟬僵鳥 ➡ 鳥鈔求飽

◖ 智慧小站

三國時期：東漢末年，黃巾起義爆發，從此開始了近百年的戰亂。經過幾十年的征伐，各地諸侯基本被消滅。西元二二〇年，曹丕篡漢稱帝，建都洛陽，國號「魏」，史稱「曹魏」。西元二二一年，劉備于成都稱帝，

國號「漢」，史稱「蜀漢」。西元二二九年，孫權在武昌（今湖北省鄂城）
登基為帝，國號「吳」，史稱「東吳」或「孫吳」。自此三國正式鼎立。
西元二六三年，魏國平蜀漢，蜀漢後主劉禪投降，蜀漢亡。西元二六五
年，司馬炎廢黜曹魏皇帝曹奐而稱帝，建立晉朝，曹魏亡。西元二八〇
年，晉武帝伐吳，孫皓降，東吳滅亡，三國時代結束。

苻堅「草木皆兵」大敗逃

東晉時期，前秦國控制了中國的北方。為了統一全國，前秦的皇帝苻堅率領九十萬大軍，攻打江南的東晉。東晉大將謝石、謝玄領兵八萬前去抵抗。

苻堅得知晉軍兵力不足，就想以多勝少，抓住機會，迅速出擊。但是，苻堅的軍隊來自北方的各個少數民族，不是很團結。先鋒部隊二十五萬人在壽春一帶與晉軍遭遇，竟被擊敗，損失慘重，大將被殺，士兵死傷萬餘。這使得秦軍的銳氣大挫，軍心動搖，士兵驚恐萬狀，紛紛逃跑。

在城樓上觀察晉軍情況的苻堅望見晉軍隊伍嚴整，士氣高昂，再北望八公山，好像有許多晉軍在那裡埋伏，只見山上草木都像晉軍的士兵一樣。

苻堅對部下說：「晉軍是強大的敵人，怎麼能說晉軍兵力不足呢？」他後悔自己過於輕敵，他的言行也滅了自己的士氣。

這時，秦軍和晉軍隔著一條江水（淝水）對峙。晉軍要求秦軍後退一些，才好過江作戰。苻堅也想讓部隊靠淝水北岸佈陣，憑藉地理優勢扭轉戰局，並想利用晉軍忙於渡河難以作戰之機，給它來個突然襲擊，所以命令軍隊後退。

不料，秦軍後退時，引起了混亂，後軍以為前方打了敗仗，拼命逃跑，前軍見後軍逃跑，也跟著逃跑。還沒等晉軍來戰，秦軍就如潮水一般潰不成軍，而晉軍則趁勢渡河追擊，把秦軍殺得丟盔棄甲，屍橫遍地，苻堅也中箭而逃。

◉ 走近名人

苻堅（338-385），字永固，又字文玉，十六國時期前秦的皇帝。苻堅是一位很有作為的皇帝，在位前期勵精圖治，任用漢人王猛為相，「勸課農桑，革除弊政」，使得前秦迅速強大起來，基本統一北方，國力一度超過東晉數倍，很有機會統一中國。在伐晉的「淝水之戰」中大敗，自此一蹶不振。後被羌人姚萇所殺。

◉ 錦囊一開：草木皆兵

釋　　義｜把山上的草木都當做敵兵。形容人在驚慌時疑神疑鬼。

出　　處｜《晉書‧苻堅載記》：「堅與苻融登城而望王師，見部陣齊整，將士精銳；又北望八公山上草木皆類人形，顧謂融曰：『此亦勍敵也，何謂少乎？』憮然有懼色。」

近 義 詞｜風聲鶴唳、杯弓蛇影

反 義 詞｜若無其事、穩如泰山

成語造句｜敵人被我軍襲擾得草木皆兵，聽到一點動靜就逃跑了。

詞語接龍｜草木皆兵 ➡ 兵敗將亡 ➡ 亡不旋踵 ➡ 踵步不離

◐◑ **智慧小站**

　　十六國也叫「五胡十六國」，是指自西晉末年到北魏統一北方期間，於西元三〇四至四三九年曾在中國北部境內建立政權的五個北方民族及其所建立的政權。五胡指匈奴、鮮卑、羯、氐、羌；十六國指前涼、後涼、南涼、西涼、北涼、前趙、後趙、前秦、後秦、西秦、前燕、後燕、南燕、北燕、夏、成漢。這個時期也被稱為「五胡亂華」時期。

杜預「勢如破竹」滅吳國

　　三國末年，司馬炎滅掉蜀國，奪取魏國政權，建立晉國，即晉武帝。

　　之後，司馬炎準備出兵攻打吳國，統一全國。他召集文武大臣們商量滅吳大計。

　　大臣們多數認為，吳國還有一定實力，一舉消滅它恐怕不易，不如有了足夠的準備再說。

　　大將杜預則不同意多數人的看法，寫了一道奏章給晉武帝。杜預分析了吳國目前皇帝昏庸無道，國內政局混亂的情況，認為：「必須趁目前吳國衰弱之時滅掉它，不然等它有了實力就很難打敗它了。」

　　司馬炎採納了杜預的建議，並任命杜預做征南大將軍，征討吳國。杜預率領二十多萬兵馬，分成六路水陸並進，攻打吳國，很快就攻佔了吳國的軍事重地江陵，還斬殺了吳國一員大將。

　　晉軍乘勝追擊，吳軍聽到風聲嚇破了膽，紛紛打開城門投降。

　　正當杜預要全速進軍時，有人擔心長江水勢暴漲，提議不如暫時收兵等到冬天進攻更有利。

　　杜預堅決反對退兵，他說：「現在趁我軍士氣高

漲，勢如破竹，一節打開了，其他的就會迎刃而解，一舉攻擊吳國不會再費多大力氣了！」

於是，晉軍在杜預的率領下，直奔吳都建業（今南京），不久就攻佔建業滅了吳國。晉武帝完成了統一全國大業。

◖◗ 走近名人

杜預（222-285），字元凱，京兆杜陵（今陝西省西安市東南）人。西晉時期著名的政治家、軍事家和學者，滅吳統一戰爭的統帥之一。杜預從小博學多才，博覽群書，成年後勤於著述，對經濟、政治、曆法、法律、數學、史學和工程等學科都有研究。當時的人曾給他起了個「杜武庫」的綽號，稱讚他博學多通，就像武器庫一樣，無所不有。

◖◗ 錦囊一開：勢如破竹

釋　　義	形勢就像劈竹子，頭上幾節破開以後，下面各節順著刀勢就分開了。多比喻節節勝利，毫無阻礙。
出　　處	《晉書・杜預傳》：「今兵威已振，譬如破竹，數節之後，皆迎刃而解。」
近 義 詞	勢不可當、所向披靡
反 義 詞	強弩之末、畏縮不前
成語造句	紅軍士氣高漲，勢如破竹，連戰連勝，取得了反圍剿的最後勝利。
詞語接龍	勢如破竹 ➡ 竹報平安 ➡ 安安穩穩 ➡ 穩操勝券

◖◗ **智慧小站**

　　杜預造橋的故事：杜預滅亡吳國後，一直在地方上鎮守。他認為黃河孟津渡口險要，請求朝廷批準在渡口建造一座黃河橋。有許多人反對，說古代聖人賢人都沒能在那裡造橋，必定是不宜於建橋。杜預對他們說：古人有古人的情況，今人有今人的情況，我們不能說古人沒做的事，我們今天就不能做。所以他仍然堅持要造橋，並主持造橋工作。等到橋建起來了，晉武帝和百官一起集會，舉酒杯敬杜預說：「如果不是你，這橋真就建不起來了。」

項羽「破釜沉舟」戰秦軍

　　秦朝末年，各地人民紛紛起義，反抗秦朝的暴虐統治，重新建立起趙國、楚國、齊國等國。項羽也帶領自己的隊伍參加了起義軍。

　　一次，秦朝派三十萬人馬包圍了趙國的巨鹿城，趙王連夜向楚王求救。當時，楚王的勢力最強，楚王派了一個叫宋義的人為上將軍，項羽為次將，帶領二十萬人馬去救趙國。可是，宋義是個膽小之人，害怕作戰。聽說秦軍勢力強大，走到半路，離秦軍還挺遠時，就讓部隊停下來，不敢再前進了。部隊駐紮了一段時間後，軍中沒有糧食，士兵用蔬菜和雜豆煮了當飯吃，可他自己卻天天舉行宴會，吃酒吃肉。部隊的將士們都很氣憤，項羽一時激奮，殺了宋義，自己決定帶領部隊去救趙國。

　　項羽派部隊搶了秦軍的糧食，然後渡過面前的漳河。待部隊全部過河後，項羽讓士兵們飽飽地吃了一頓飯，每人再帶三天的乾糧，然後傳下命令：把渡河的船全部鑿穿沉入河裡，把做飯用的鍋砸個粉碎。項羽告訴將士們，我們已經有進無退了，一定要消滅秦軍，奪取勝利。

　　將士們見主帥的決心這麼大，都決心拼死一戰。項羽一馬當先，將士們以一當十，以十當百，拼死地

向秦軍衝殺過去，經過連續九次衝鋒，把秦軍打得大敗。秦軍的幾個主將，有的被殺，有的被俘，有的投降。這一仗不但解了巨鹿之圍，而且還把秦軍的主力消滅了，兩年後秦朝滅亡。

◯ 走近名人

項羽（西元前 232-西元前 202），名籍，字羽，通常被稱作項羽，下相（今江蘇省宿遷）人。中國古代傑出軍事家、政治家。秦末起義軍領袖。秦亡後自立為西楚霸王，統治黃河及長江下游的梁、楚九郡。後在楚漢戰爭中為漢王劉邦所敗，在烏江自刎而死。項羽的勇武古今無雙，他也是中華數千年歷史上最為勇猛的將領，「霸王」一詞，專指項羽。

◯ 錦囊一開：破釜沉舟

釋　　義｜把做飯的鍋（釜）砸碎，把渡河的船（舟）鑿沉。比喻下決心不顧一切地幹到底。

出　　處｜《史記・項羽本紀》：「項羽乃悉引兵渡河，皆沉船，破釜甑，燒廬舍，持三日糧，以示士卒必死，無一還心。」

近 義 詞｜義無反顧、背水一戰

反 義 詞｜優柔寡斷、瞻前顧後

成語造句｜這次，我們是破釜沉舟了，不達目的絕不甘休。

詞語接龍｜破釜沉舟 ➡ 舟車之苦 ➡ 苦不堪言 ➡ 言不達意

◯ 智慧小站

少年英雄項羽：少年項羽力大過人，氣壓萬夫，志向極為遠大。一次

秦始皇出巡，項羽見其車馬儀仗威風凜凜，便對叔父說：「彼可取而代也（我可以取代他）。」陳勝、吳廣在大澤鄉起義，項羽隨叔父在吳中刺殺太守，舉兵回應。這次行動，項羽獨自斬殺太守的衛兵近百人，展現了他無雙的武藝！

劉邦「四面楚歌」圍項羽

秦朝滅亡後，項羽自封為西楚霸王，封劉邦為漢王，相互約定以鴻溝（今河南省滎縣境賈魯河）東西邊作為界限，互不侵犯。

但是，劉邦想統一全國，只是暫時實力沒有項羽強，還打不過項羽，所以帶領自己的人馬到了封地漢中。

為了迷惑項羽，劉邦聽從謀士張良的建議，拆毀了出入漢中的棧道，意思是告訴項羽，自己不會再出來了。

劉邦到了漢中，招兵買馬，養精蓄銳。等到自己兵強馬壯時，就派人重修拆毀的棧道，暗中卻偷偷地從陳倉帶領大軍殺了出來，和項羽爭奪天下。

經過幾年的鬥智鬥勇，劉邦的大軍終於把項羽緊緊圍在垓下（今安徽靈壁縣東南）。

這時，項羽手下的兵將已經不多了，糧食又沒有了。但是，項羽的軍隊還是很勇猛。為了減弱項羽部隊的戰鬥力，劉邦想出了一個計策。

夜裡，他派部下在項羽部隊的周圍唱起楚地（項羽的根據地）的民歌。項羽和部下們聽了非常吃驚：「難道劉邦已經得到楚地了嗎？為什麼他的部隊裡面

楚人這麼多呢？」

項羽的部下多數都是楚地人，聽了家鄉的歌謠，更是無心再戰鬥了，紛紛逃散。

項羽睡不著，便爬起來在營帳裡喝酒，並和他最寵愛的妃子虞姬一同唱歌。唱完，眼淚直落，旁邊的部下們也都非常難過。

過了一會兒，項羽騎上馬，帶了僅剩的八百名騎兵，突圍而走。項羽逃到了烏江邊，無顏面對家鄉父老，自刎而死。

◑ 走近名人

劉邦（西元前 256-西元前 195），少有大志，性格豪爽，喜歡結交朋友，但不太喜歡讀書，更不願意下地勞動，所以他的父親訓斥他為「無賴」，說他不如自己的哥哥會經營，可劉邦依然我行我素。劉邦的志向很大。一次，在去咸陽的路上，碰到秦始皇的大隊人馬出巡，遠遠看去，秦始皇坐在裝飾精美華麗的車上威風八面，劉邦脫口而出道：「大丈夫就應該像這樣啊！」

◑ 錦囊一開：四面楚歌

釋　　義｜四周都是唱楚地歌謠的人。比喻陷入四面受敵窘迫境地。

出　　處｜晉·陳壽《三國志·吳琮傳》：「高祖誅項，四面楚歌。」

近　義　詞｜腹背受敵、山窮水盡

反　義　詞｜旗開得勝、起死回生

成語造句｜他不聽大家的勸阻，一意孤行，陷入了四面楚歌的境地。

詞語接龍｜四面楚歌 ➡ 歌功頌德 ➡ 德被四方 ➡ 方軌並路

◗ **智慧小站**

　　劉邦與韓信：韓信幫助劉邦打敗項羽，功勞很大，被劉邦封為楚王。劉邦稱帝後，總擔心那些異姓王們居功自傲，藐視自己。於是決定先拿韓信開刀，除掉異姓王。有一年，劉邦宣稱巡遊雲夢澤（今洞庭湖一帶），約定在陳地會晤諸侯王。韓信奉命來到時，劉邦以有人告他謀反為由，把韓信押回洛陽，後因查無實據，便把韓信降為淮陰侯，軟禁在京城。劉邦的妻子呂后明白劉邦的想法，趁劉邦出京平叛時，和蕭何一起把韓信誘騙到長樂宮殺了。

曹劌「一鼓作氣」敗齊師

春秋時期的一年春天，強大的齊國又要出兵攻打弱小的魯國。這之前，齊國已三次攻打魯國，且大敗魯國。

聽說齊國又要攻打魯國，魯國軍民人心惶惶，都非常擔心魯國的前途。這次，魯莊公要親自率領軍隊前去作戰。

有一位叫曹劌的人，主動去找魯莊公，和他談了許多這場戰爭的問題，並提了一些建議，取得了魯莊公的信任，決定和魯莊公一起率部隊與齊國交戰。

那時候，作戰以擂鼓作為進軍號令。齊魯兩軍對陣，當齊軍擂第一遍鼓衝鋒時，曹劌只是命令一些士兵用弓箭射住陣角，其他人按兵不動；齊軍擂第二遍鼓衝鋒時，曹劌還是如此；齊軍第三次擂鼓進軍時，魯軍還是沒應戰。

齊軍進行了三次衝鋒，已經疲憊並士氣大減，情緒頓時低落下去，認為魯軍不會再打了，紛紛坐下來歇息，開始放鬆警惕了。

這時，曹劌當機立斷：「擂鼓進軍。」魯軍戰鼓齊鳴，咚咚作響，早就摩拳擦掌的魯軍將士奮勇出擊。齊軍一時沒有防備，頓時丟盔棄甲，四處潰逃。

曹劌又適時指揮部隊追擊，齊軍大敗。

這場戰鬥，就是歷史上著名的長勺之戰。

戰鬥勝利後，總結作戰的情況時，魯莊公問曹劌：「你為什麼要等齊軍擂了三次進軍的鼓後，才出軍？」

曹劌說：「打仗，最重要的靠士氣。擂第一遍鼓時，士兵的士氣最旺；擂第二次鼓時，士兵的士氣已經減退；擂第三次鼓時，士兵的士氣已經沒了。這時我軍再擂鼓進攻，用士氣旺盛的軍隊去進攻鬆懈疲乏的軍隊，那當然能取勝啦！」

魯莊公因功拜曹劌為大夫。

◑ 走近名人

曹劌，春秋時魯國大夫（今山東省東平縣人）。著名的軍事理論家。曹劌的事蹟在史書上記載得不是很多，還有一次的記載是曹劌勸諫魯莊公不要到齊國去觀看齊軍的閱兵活動。

◑ 錦囊一開：一鼓作氣

釋　　義｜第一次擊鼓時士氣振奮。比喻趁士氣高的時候鼓起幹勁，一口氣把事情做完。

出　　處｜《左傳·莊公十年》：「夫戰，勇氣也。一鼓作氣，再而衰，三而竭。」

近 義 詞｜一氣呵成、趁熱打鐵

反 義 詞｜一敗塗地、偃旗息鼓

成語造句｜大家鼓足幹勁，我們一鼓作氣把這件事做完。

詞語接龍｜一鼓作氣 ➡ 氣傲心高 ➡ 高傲自大 ➡ 大敗虧輸

◖ 智慧小站

長勺之戰：春秋初年，齊國內亂，魯國公開出兵支持公子糾回國與公子小白爭奪君位。結果，公子小白勝利，做了齊國國君，他就是齊桓公。

齊桓公本人對魯國支持公子糾一事一直耿耿於懷，不肯善罷甘休，終於釀成了長勺之戰的爆發。

周莊王十三年（西元前 684 年）春天，齊桓公派齊軍進攻魯國，戰爭爆發。

長勺之戰，是春秋初年齊魯兩個諸侯國之間進行的一場車陣會戰，也是我國歷史上後發制人、以弱勝強的一個著名戰例。

（十）

遺臭萬年篇

人 物 譜

趙 高・從一名小小的宦官起家，依仗著秦二世胡亥對他的寵信，在秦王朝最後的幾年統治中翻雲覆雨，把秦朝的暴虐苛政推向了頂峰。他指鹿為馬，陷害忠良，殺死秦二世，不久後被秦王子嬰所殺。

劉 禪・昏庸無能，聽信讒言的蜀漢後主，小名阿斗。蜀漢被曹魏所滅，劉禪投降曹魏，被封為安樂公，因「樂不思蜀」而為天下人恥笑。

秦 檜・曾被金人俘虜，後回到南宋，兩任宰相。他撥弄是非，造謠離間，陷害忠良，賣國投敵，是中國歷史上十大奸臣之一，因以「莫須有」的罪名處死岳飛而遺臭萬年。

趙括「紙上談兵」吃敗仗

戰國時期，趙國名將趙奢的兒子趙括受父親的影響讀過不少兵書，常常在人們面前談論作戰用兵的事情，甚至談起兵事來父親也難不倒他。

很多人認為他很有才能，但是，知子莫若父，趙奢卻認為兒子誇誇其談，沒有真正的本領，不能承擔重任。

有一次，秦國進攻趙國。老將廉頗採用了修築壁壘堅守的辦法，使得秦軍一時不能取勝。

於是秦軍用計，讓人在趙國散佈流言說：「秦軍不怕老將廉頗，但害怕趙括為將。」

趙王果然聽信了秦國散佈的流言，以為廉頗年老懦弱，不敢與秦軍作戰，改派趙括代替廉頗為將。

趙括到了前線，死搬兵書上的教條，完全改變了廉頗持久抵抗的作戰計畫，甚至拆除了廉頗修築的壁壘，主動去和秦軍作戰。

秦軍讓趙括先得了一點小便宜，趙括更是驕傲輕敵。於是，秦軍用計先截斷了趙軍的糧道，然後把趙軍分割包圍。趙軍糧絕，幾天的工夫，趙軍就亂套了。

趙括企圖突圍，被秦軍亂箭射死，四十多萬趙軍一下子盡被秦軍殲滅。從此，趙國走向衰弱。

◯ 走近名人

趙括（？-西元前259），戰國時期趙國人，趙國名將馬服君趙奢之子。趙括少年時就聰穎過人，儀表堂堂，在幾個兄弟中最為出色。趙奢死後，趙惠文王念其父親功高，讓趙括世襲馬服君。趙括深諳軍事，喜談兵學，門徒眾多，因而又被尊稱為馬服子。但是他沒有多少實戰經驗，死搬硬套兵書，最後毀了趙國。

◯ 錦囊一開：紙上談兵

釋　　義｜在書本上談論用兵打仗。比喻空談理論，不會解決實際問題。

出　　處｜《史記・廉頗藺相如列傳》：「嘗與其父奢言兵事，奢不能難，然不謂善。」

近 義 詞｜坐而論道、華而不實

反 義 詞｜埋頭苦幹、腳踏實地

成語造句｜只懂得紙上談兵的人是成不了大事業的。

詞語接龍｜紙上談兵 ➡ 兵敗將亡 ➡ 亡羊補牢 ➡ 牢不可破

◯ 智慧小站

長平之戰：是我國歷史上最早、規模最大的包圍殲滅戰。此場戰爭，發生於最有實力統一中國的秦趙兩國，參戰人數趙軍四十五萬人，秦軍兵

力也不少於這個數。指揮作戰的趙國先是廉頗，後改為趙括，秦國是老將白起。紙上談兵的趙括指揮無方，結果是秦軍完勝，使趙國遭受了毀滅性的打擊，令秦國國力大幅度超越了同時代各國，極大地加速了秦國統一中國的進程。長平之戰，對中國歷史的走向有著深遠的影響。

吳起
戀官職「殺妻求將」

戰國時期，衛國人吳起到魯國拜曾子為師學習兵法，後來在別人的引薦下去見魯國國君。魯國國君見他懂軍事，就讓他負責為魯國練兵。

開始，魯國國君為了試驗他的能力，讓他先訓練那些宮女。吳起把宮女們集合起來，先宣佈紀律，但是宮女們還是不聽指揮，於是吳起果斷地按紀律殺了兩個領頭人宮女，這下，宮女都聽從指揮了。宮女們訓練好後，魯國國君就派他到部隊帶兵。

吳起確實很有軍事才能，將軍隊訓練得很好。

當官後，吳起娶了齊國一個漂亮的女子為妻。後來，強大的齊國攻打魯國，魯國國君想起用吳起為大將統軍和齊國作戰，但又擔心吳起的妻子是齊國人，吳起會為此對魯國不忠。

吳起得知魯國國君有這樣的顧慮，二話沒說，回到家就殺了自己的妻子，而後去拜見國君，終於被任命為大將。

◖ 走近名人

吳起（約西元前 440-西元前 381），衛國左氏（今山東省定陶）人。是戰國初期著名的政治改革家，卓越的軍事家、統帥、軍事改革家。吳起喜好用兵，一

心想成名。曾向孔子的弟子曾子學習，曾在魯國為將。著有《吳子》一書，《吳子》與《孫子》又合稱《孫吳兵法》，在中國古代軍事典籍中佔有重要地位。

◐ 錦囊一開：殺妻求將

釋　　義	殺掉自己的妻子以求得信任和重用。比喻為了追求名利而不惜做滅絕人性的事。
出　　處	《史記・孫子吳起列傳》：「吳起取齊女為妻，而魯疑之。吳起於是欲就名，遂殺其妻。」
近 義 詞	不擇手段、弄虛作假
反 義 詞	奉公守法、安分守己
成語造句	吳起不擇手段殺妻求將的行為，為後人所不恥。
詞語接龍	殺妻求將 ➡ 將寡兵微 ➡ 微不足道 ➡ 道邊苦李

◐ 智慧小站

　　吳起帶兵的故事：吳起做將軍時，睡覺時不鋪席子，行軍時不騎馬坐車，親自背乾糧，和士卒共擔勞苦，同衣同食。有一個士兵背上生瘡，吳起就用嘴為他吸膿。這個士卒的母親知道這事後大哭。別人問她：「你兒子是個士卒，而將軍親自為他吸取瘡上的膿，你為什麼還要哭呢？」母親說：「往年吳公為他父親吸過瘡上的膿，他父親拼命作戰而死。現在吳公又為我兒子吸瘡上的膿，我不知他又將死到哪裡，所以我哭。」

趙高

亂黑白「指鹿為馬」

秦始皇死後，奸臣趙高和丞相李斯合謀篡改詔書，立始皇幼子胡亥為帝，並逼死秦始皇長子扶蘇。秦二世即位後他又設計陷害李斯，成為丞相。

做了丞相的趙高還不滿足，他想伺機推倒胡亥，篡位自己當皇帝。

但是，趙高知道自己名望不夠，一些大臣們會不服自己。於是，為了測試大臣們對他的態度，狡猾陰險的趙高想出一計。

一天，趙高拉來一隻鹿到朝堂上，當著眾大臣的面對秦二世說：「陛下，請收下臣下為您尋得的這匹好馬吧！」

胡亥看了笑道：「丞相是否搞錯了？你拉來的是一隻鹿啊，哪裡是良馬？」

趙高並不理會胡亥的話，卻回過身來，問周圍的大臣：「大家說說這是不是一匹馬？」邊說邊仔細觀察周圍大臣們的反應，有人跟著趙高隨聲附和說是馬，有人說真話指出是鹿非馬。

結果，說真話的大臣陸續都被趙高設計殺害了。

◑ **走近名人**

　　趙高（？-西元前 207），秦朝二世皇帝時的丞相。他派人殺死秦二世，自己想當皇帝，但是沒人支持他，只好迎子嬰為秦王（因為此時秦朝統治的區域已經很小了，趙高讓子嬰只能稱王，不能稱皇帝）。子嬰即位五天後便設計殺死趙高，並把他的家人全部處死。

◑ **錦囊一開：指鹿為馬**

釋　　義｜指著鹿，說成是馬。比喻故意顛倒黑白，混淆是非。

出　　處｜《史記・秦始皇本紀》：「趙高欲為亂……持鹿獻於二世，曰：『馬也。』二世笑曰：『丞相誤邪？謂鹿為馬。』」

近 義 詞｜混淆是非、顛倒黑白

反 義 詞｜循名責實、實事求是

成語造句｜一些不安好心的人指鹿為馬，顛倒黑白，我們一定要當心。

詞語接龍｜指鹿為馬 ➡ 馬到成功 ➡ 功敗垂成 ➡ 成敗得失

◑ **智慧小站**

　　子嬰的身份：關於子嬰的身份，史書上沒有明確記載。有三種說法：一是公子扶蘇的兒子；二是秦始皇的弟弟；三是秦始皇的兒子，秦二世的兄長。近、現代修訂出版的《辭海》和《辭源》，多採用第一種說法。但在《史記・秦始皇本紀》中敘述子嬰與其兩個兒子謀殺趙高，推斷子嬰年齡不應當為秦始皇的孫子。秦始皇死時是四十九歲，三年後，子嬰當秦

王，子嬰的兩個兒子可以謀畫殺趙高，這兩個兒子的年齡最低應該在二十歲左右。所以從年齡上推斷，子嬰不應當為秦始皇的孫子。

劉禪

「樂不思蜀」無志氣

三國時期，劉備死後，兒子劉禪繼位。劉禪昏庸無能，還聽信奸臣的讒言。在那些有才能的大臣死後，魏國大軍打到了蜀國的都城，劉禪領著一幫沒用的文武大臣一起投降了魏國。魏王曹髦封他一個食俸祿無實權的「安樂公」稱號，並將他遷到魏國京都許昌居住。

魏王自己也無實權，掌握魏國大權的是司馬昭。在一次宴會上，司馬昭當著劉禪的面故意安排表演蜀地的歌舞。劉禪的隨從人員想到滅亡的故國，都非常難過，而劉禪卻歡樂嬉笑，無動於衷。見劉禪這樣表現，司馬昭問劉禪還想不想蜀國，劉禪對司馬昭說：「此間樂，不思蜀。」意思是他一點兒也不想念蜀國了。

旁邊的蜀國舊臣，聽到劉禪這樣說，就偷偷地把劉禪叫到一邊勸他：「主上，司馬昭再問你時，你不能這樣說了，多讓司馬昭笑話你沒有志向啊！」

劉禪聽了舊臣的話：「那我應該怎麼說呢？」

舊臣告訴他應該如何如何說。劉禪說：「好吧！我知道了。」

回到席上，劉禪就表現出不太高興的樣子，司馬

昭問劉禪：「剛才還很高興呢，現在怎麼不高興了？」

劉禪指著那個舊臣說：「是他告訴我要顯得憂傷一點。」司馬昭聽後大笑不已。

◖ 走近名人

劉禪（207-271），即蜀漢後主，字公嗣，小名阿斗。劉備的長子，三國時期蜀漢第二位皇帝。二六三年蜀漢被曹魏所滅，劉禪投降曹魏，被封為安樂公。「扶不起的阿斗」，「劉備摔孩子收買人心」，「樂不思蜀」這些都和他有關。

◖ 錦囊一開：樂不思蜀

釋　　義｜這裡很快樂，不思念蜀國了。比喻在新環境中得到樂趣，不再想回到原來的環境中去，也比喻一個人貪圖眼前的享受，沒有遠大的志向。

出　　處｜《三國志‧蜀書‧後主傳》：「問禪曰：『頗思蜀否？』禪曰：『此間樂，不思蜀。』」

近 義 詞｜樂而忘返、不思進取

反 義 詞｜落葉歸根、戀戀不捨

成語造句｜你取得了一點成績就樂不思蜀，不求進取了，這是很危險的。

詞語接龍｜樂不思蜀 ➡ 蜀鄙二僧 ➡ 僧多粥少 ➡ 少見多怪

◐ 智慧小站

劉備摔孩子的典故：劉備屯兵新野，被曹操大軍打得大敗，劉備逃跑。趙雲抱著劉備的兒子阿斗在長坂坡與曹軍大戰，殺出血路，把阿斗安全帶回劉備身邊。劉備很感動，接過孩子後摔在地上說：為了你，幾乎損我大將。趙雲一見，很受感動，抱起阿斗，跪到地上說：「趙雲就是肝腦塗地也不能報主公的知遇之恩啊！」所以說「劉備摔孩子收買人心」；也有人說，阿斗是被劉備這一摔，把腦袋摔壞了，所以後來才當不好皇帝。

司馬倫「狗尾續貂」亂封官

晉武帝司馬炎統一天下，建立晉朝後，把家族子弟分封各地為王，目的是鞏固晉王朝的統治。結果事與願違，諸王互相爭權奪利，造成了嚴重的內亂，爆發了歷史上著名的「八王之亂」。

這「八王」中，就有晉武帝的叔叔司馬倫。司馬倫是個大野心家，晉武帝在位時把他封為趙王，他卻暗中勾結死黨，積蓄力量。晉武帝去世不久，他就發動政變，篡位當了皇帝。

隨後，司馬倫給幫助自己成事的人還有親戚、同黨都升了官，就連奴僕、小卒也得到了封賞。

當時，做官的人在朝會時，頭上戴的帽子都要用貂尾作飾物。貂尾很珍貴，也很少，司馬倫封了大批的官員，參加朝會的大官太多，貂尾不夠用，只好用狗尾代替。

於是，人們編了個諺語諷刺說：「貂不足，狗尾續。」

◑ 走近名人

司馬倫，字子彝，是西晉八王之亂中其中一王。司馬懿第九子，晉武帝在位時把他封為趙王。司馬倫做皇帝時間不長，不得人心，很快受到司馬氏的集體

反對。司馬氏起兵攻打他，司馬倫兵敗而死。

◐ **錦囊一開：狗尾續貂**

釋　　義｜用狗尾代替貂尾做帽子的裝飾。指濫封官職。也用來比喻
　　　　　拿次的東西補接在好的東西後面，前後兩部分非常不相
　　　　　稱。

出　　處｜《晉書・趙王倫傳》：「奴卒廝役亦加以爵位。每朝會，
　　　　　貂蟬盈坐，時人為之諺曰：『貂不足，狗尾續。』」

近 義 詞｜佛頭著糞、弄巧成拙

反 義 詞｜錦上添花、點石成金

成語造句｜結尾處這樣寫就如狗尾續貂，文章反而不精彩了。

詞語接龍｜狗尾續貂 ➡ 貂蟬滿座 ➡ 座無空席 ➡ 席捲宇內

◐ **智慧小站**

　　八王之亂：是西晉年間，司馬氏同姓王之間為爭奪中央政權而爆發的
混戰，前後歷時十六年。戰亂參與者主要有汝南王司馬亮、楚王司馬瑋、
趙王司馬倫、齊王司馬冏、長沙王司馬乂、成都王司馬穎、河間王司馬
顒、東海王司馬越八王。其最終結局是東海王司馬越奪取大權。八王之亂
對晉朝的統治造成了嚴重破壞，被認為是導致西晉滅亡的重要原因之一。

秦檜
「東窗事發」受懲罰

北宋末年，金兵南犯，打到北宋的都城，宋徽宗、宋欽宗兩個皇帝被俘，當時在朝廷任殿中侍御史的秦檜和他的妻子王氏也一同被金兵帶走。到了金國，秦檜很快就賣身投靠了金人。

後來，金人為了更快地滅亡南宋，把秦檜送回南宋，讓他想辦法破壞南宋的抗金行動。秦檜很快取得南宋皇帝的信任，當上了宰相。

那時，岳飛、李綱等正直的大臣堅持抗金，收復失地，但秦檜主張投降，極力阻止岳飛等人的抗金行動。秦檜和他的妻子王氏，在東窗下密謀如何除掉岳飛，並借皇帝的名義把岳飛從抗金前線調回京城，以「莫須有」的罪名殺害了岳飛。

殺害岳飛後，秦檜也受到朝中正直大臣的反對。

不久，秦檜背上生瘡，與兒子先後病死，妻子王氏請僧人做法事超度他們。

法師說：「太師叫我轉告你，東窗事發了。」意思是說：謀害岳飛的事情讓人知道了，他得到了懲罰。

◎◐ 走近名人

秦檜（1090-1155），字會之，宋朝江寧府（今江蘇省南京市）人。秦檜做過私塾先生，曾說：「若得水田三百畝，這番不做獺猻王。」後來，他中了進士，到朝廷做官。曾任南宋的兩任宰相，前後執政十九年。他是中國歷史上十大奸臣之一，因以「莫須有」的罪名處死英雄岳飛而遺臭萬年。

◎◐ 錦囊一開：東窗事發

釋　　義｜東窗下說的事讓人知道了。比喻陰謀已經敗露。

出　　處｜明·田汝成《西湖遊覽志餘·佞倖盤荒》：「可煩傳語夫
　　　　　人，東窗事發矣。」

近 義 詞｜露出馬腳、原形畢露

反 義 詞｜祕而不露、高深莫測

成語造句｜秦檜害岳飛的事東窗事發，遺臭萬年。

詞語接龍｜東窗事發 ➡ 發禿齒豁 ➡ 豁達先生 ➡ 生財之道

◎◐ 智慧小站

北宋同一時間有宋徽宗、宋欽宗兩個皇帝：宋徽宗名趙佶是宋朝第八位皇帝。在位時不思進取，不理朝政，過分追求奢侈生活，大肆搜刮民財，荒淫無度。致使北宋王朝日漸衰弱。北方的金軍南下攻北宋時，宋徽宗急忙將皇位傳給他的兒子趙桓，自稱太上皇，趙桓就是宋欽宗。金軍攻破北宋的都城，俘虜了這兩個皇帝，將他們押往北方，後來，他們兩個都死在北方。

李斯「一手遮天」毀百家

　　李斯原是楚國上蔡人，後來到了秦國，勸說秦王用金錢收買六國的諸侯大臣，收買不了的，就派人刺殺；用計離間六國的關係，破壞六國聯盟，然後派兵逐一攻打。他的這些主張得到了秦王的認可。因此，用李斯主持朝政。李斯是個很有才能的人，為秦國統一天下做了很多貢獻。

　　秦王統一天下後，身為丞相的李斯上書說：「天下所以會大亂，就是因為有各種學說流派，一些人學習了，就有了思想，所以，就教唆別人不聽皇帝的。現在天下統一了，我們要制定完備的法令，而後將諸子百家的書全部毀掉，這樣天下就太平了。」

　　秦始皇覺得李斯說得很對，於是下令殺了那些隨便議論朝政的文人學士們，把民間的雜家書籍都搜出來燒掉。這就是秦朝歷史上著名的「焚書坑儒」事件。諸子百家的書籍幾乎都在這次事件中被秦人毀掉了。

　　晚唐詩人曹鄴在〈讀李斯傳〉一詩中評價這件事時說：「難將一人手，掩得天下目。」詩人告誡後人：一個人的手要掩住天下人的眼睛，這怎麼可能呢！

◑ 走近名人

李斯（約西元前 284-西元前 208），姓李，名斯，字通古，秦朝著名的政治家、文學家和書法家。李斯早年為郡吏，後師從荀子，學習幫助帝王成就大業之術，學成入秦，勸說秦王政滅諸侯、成帝業。在秦王政統一六國的事業中起了較大的作用。

◑ 錦囊一開：一手遮天

釋　　義｜一隻手把天遮住。形容依仗權勢，玩弄手段，蒙蔽群眾。

出　　處｜曹鄴〈讀李斯傳〉：「難將一人手，掩得天下目。」

近 義 詞｜一手托天、大權獨攬

反 義 詞｜集思廣益、群策群力

成語造句｜他習慣一個人說了算，這次又要一手遮天，我們決不能同意。

詞語接龍｜一手遮天 ➡ 天昏地暗 ➡ 暗無天日 ➡ 日新月異

◑ 智慧小站

諸子百家：是對春秋戰國時期各種學術派別的總稱，如孔子、老子、莊子、荀子、孟子、墨子、鬼穀子等；百家之流傳中最為廣泛的是儒家、道家、陰陽家、法家、名家、墨家、雜家、農家、小說家、縱橫家。

昌明文庫·閱讀文化　A0605001

名人與成語典故

主　　　編	趙雪峰	
責任編輯	蔡雅如	
發 行 人	陳滿銘	
總 經 理	梁錦興	
總 編 輯	陳滿銘	
副總編輯	張晏瑞	
編 輯 所	萬卷樓圖書股份有限公司	
排　　　版	菩薩蠻數位文化有限公司	
印　　　刷	百通科技股份有限公司	
封面設計	菩薩蠻數位文化有限公司	

出　　　版　昌明文化有限公司

桃園市龜山區中原街 32 號

電話　(02)23216565

發　　　行　萬卷樓圖書股份有限公司

臺北市羅斯福路二段 41 號 6 樓之 3

電話　(02)23216565

傳真　(02)23218698

電郵　SERVICE@WANJUAN.COM.TW

大陸經銷

廈門外圖臺灣書店有限公司

　　電郵　JKB188@188.COM

ISBN 978-986-94919-0-7

2018 年 1 月初版二刷

2017 年 5 月初版

定價：新臺幣 320 元

如何購買本書：

1. 劃撥購書，請透過以下郵政劃撥帳號：

　　帳號：15624015

　　戶名：萬卷樓圖書股份有限公司

2. 轉帳購書，請透過以下帳戶

　　合作金庫銀行　古亭分行

　　戶名：萬卷樓圖書股份有限公司

　　帳號：0877717092596

3. 網路購書，請透過萬卷樓網站

　　網址　WWW.WANJUAN.COM.TW

大量購書，請直接聯繫我們，將有專人為您

服務。客服：(02)23216565　分機 10

如有缺頁、破損或裝訂錯誤，請寄回更換

版權所有·翻印必究

Copyright©2018 by WanJuanLou Books CO., Ltd.

All Right Reserved　　　**Printed in Taiwan**

國家圖書館出版品預行編目資料

名人與成語典故 / 趙雪峰主編.-- 初版.-- 桃

園市 : 昌明文化出版 ; 臺北市 : 萬卷樓發

行, 2017.05　面 ;　公分.-- (昌明文庫. 閱讀

文化 ; A0605001)

ISBN 978-986-94919-0-7(平裝)

1.漢語 2.成語 3.通俗作品

802.1839　　　　　　　　　106008406

本著作物經廈門墨客知識產權代理有限公司代理，由中國紡織出版社授權萬卷樓圖書

股份有限公司出版、發行中文繁體字版版權。